君が、伝えようとしたこと

浜由路 著

セルバ出版

一

様々な形のカーブを描きながら、ひたすら続く道。

しばらく変わり映えのしない、山間の風景が続く。

カーナビの画面にも、ただただ一本の道が映っているだけだ。

十年前の今日、ボクはあの場所から、とても不思議な旅をした。

でもそれは、いつまでも心の中に大事にしまっておきたい、そんな旅。

しかし、実はこの十年間、心の中のどこかにあり続けたこと。

それは、あの出来事は夢だった、と都合よく片付け、記憶の闇に自らの手で葬り去ってしまいそうな不安。

あまりに不思議なその旅は、容易に理解できるものではなかったのだ。

しかし、ここまで色々な技術が発達してきた今になってようやく、あながち有り得ない話ではない、と現実味をいよいよ帯びてきたのだ。

高校の三年生だったあの日のボクは、大学受験を控え、勉強に追われる日々の中にいた。

全寮制の高校に通っていたボク。

勉強に追われつつも、一人暮らしの自由な生活を楽しむ毎日が続いていた。

学校が終わって、部屋へ帰って、冷たくひやしたアイスティーを飲みながら、ドラマの再放送をテレビで見る。

それが、勉強をはじめる前の、自分にとって最高に贅沢な時間。

昔から、教育熱心なボクの親。実家にいたら、こんな自由はなかっただろう。

その日も、そんな贅沢な時間を楽しもうと、部屋に入ろうとした時だった。

ドアポストに薄茶色の封筒が入っていることに気付いた。

取り出してみたが、その封筒に書かれていたのは、ここの住所とボクの名前のみ。差出人の名前が書かれていない。

何なんだ？　これ。

そう思いながらも部屋にそれを持って入り、テーブルの上に適当に置いた。

そして、冷蔵庫の中のアイスティーを取るために、キッチンへ向かおうとした。

しかし、ダークブラウンのテーブルの上に、無造作に置かれた封筒。

それは、真逆に近いコントラストの中で、妙に目立つ。

しかもそれは、差出人不明の謎の封筒。開けて中身を確認するまで、こいつは変な存在感を放ち続けるだろう。

封筒を手に取る。この大きさ、何かのチラシだろうか。

いや、だとしたら、読んでもらうための工夫というものをするだろう。
○○キャンペーン実施中、とか、あなた様だけに、とか。
こんな地味な封筒で送ってくるチラシなんか、見たことがない。

それに、のりで神経質なまでにぴったりと貼り付けられ、〆の印まで入れられ、真一文字に口を閉ざしている。

まるで、ボク以外の人に決して開けさせまいと、明らかな意志を持っているように見えた。

この日は放課後、勉強に追われる日々のストレス発散にと、友達とたわいのない話で盛り上がっていた。

そのため、部屋へ帰ってきた頃には五時をとうに過ぎていた。

この日、天気は曇。厚めの雲の向こうで、太陽が傾いているこの時間は、少しずつ空の明るさがなくなり、部屋の中も薄暗くなってきている。

部屋に入り、まず冷蔵庫に向かい、そのあとで電気とテレビをつける。

この行動に慣れきっているボクは、この日もそれをトレースした。

薄暗い部屋の中、無表情なその封筒は、ボクをじっと見つめている。

すぐに電気をつけた。

しかし周りが明るくなったところで、その封筒に表情が出るわけもなく、ただ、変な存在感が少し和らいだ程度だった。

触った感触だと、三つ折りにした紙が二、三枚ほど入っているような感じだ。

このまま無表情な顔で見つめられても落ち着かない。

そう思って封を開けようとした時、若干、躊躇する。

やはり、一度ある種の不気味さを感じてしまうと、普通の行動を起こすのにも若干の勇気を要する。

その若干の勇気を振り絞り、封を開けた。

中には三つ折りにされた手紙が三枚、入っていた。


［今年は戦後五十六年目。節目の年ではありませんが、六年前の戦後五十年目の年は、多くのスペシャルドラマや特番が放送され、まるでブームのようになっていました。

でも、数多くのそんな番組を見て思ったこと、感じたこと、覚えていますか？

平和について、少し真剣に考えたあの日のこと、覚えていますか？］

[一過性のブームの一つとしてしか思われていなかったであろう、あの年の出来事・・・。そこで、戦争というものを、見て、聞いて、感じて頂きたいと思います。そしてその記憶を、あなたの心の中に、大切なものの一ページとして刻んでもらえたら、と思います。

この考え方に賛同して頂けるのであれば、七月十日の午前九時、富川駅の南口、駅入口にある花壇の辺りにお集まりください。]

[持参して頂くもの
・当日の夕食と、翌日の朝食（当日の昼食は、こちらで用意します）。
・飲み物（ペットボトル二、三本ほど）。
交通費はこちらで負担します。

また、服装は動きやすい服装でお越しください。]

開けるまでに多少の時間を費やしたが、結局、出てきたものはセミナーか何かの案内状のようだ。

何だか、騙されたような気分になってしまった。

でも、七月の十日って明日だよな。手紙の内容をもう一度読み返す。

…別に、わざわざ行くようなものでもないな…。

そんなふうに思って、その手紙を丸めて捨ててしまおうと、それを掴んだ手を握ろうとした。

だが、文中の、戦争を見て、聞いて、感じて。このフレーズが妙に頭の中に残った。

そして、握ろうとした手の力を緩めた。


―小さい時に一回だけ、祖母から聞いた戦争体験談―


焼かれる街、逃げ惑う人々、そして、多くの死体。

いつも笑顔を絶やさないばあちゃんだったが、この話をしてくれた時だけは、今までに見たことのない、真面目で、そして、悲しそうな顔をしていた。

それは、ばあちゃんから笑顔を奪うほどの、とても恐ろしい光景。そしてボクにとっては、今までに感じたことのない、何か、形の見えない恐怖。

他の子に比べ、ちょっぴり怖がりだった小さい頃のボク。そんなボクの心の中に入り込む、漠然とした恐怖。

それは今でも、心の中のどこかに残り続けている。

手紙の中のあのフレーズが、その漠然とした恐怖をつついてきたのだ。

そんな、忘れかけてさえいた形の見えないものの存在に、一瞬、怯んだ。

でも、あの時ばあちゃんは、怖がるボクを気遣ってか、話題を変えた。

いつもの笑顔が戻り、ボクを見て優しく語りかける。

「わたしゃ、神様に助けられたんだ」

感謝してもしきれない、そんな心の内を、言葉に込めて言っているように見えた。

でも年寄りって何かと、神様のおかげ、って言うんだよな。

そんなふうに思って、それ以降の話は聞いているふりをして、実はよく聞いていなかった。

記憶も確かではない。

思い出せるかもしれないが、よく分からないことを言っていたので、あえて思い出そうともしなかった。

でも、悲しいばかりじゃない。

辛いばかりじゃない。

そんな中にだって幸せはあるんだろう。

むしろ、そんな状況の中にいるからこそ、幸せが何倍にも何十倍にも感じられる。

それってもしかすると、凄く幸せなことかもしれない。

こんなことを子供ながらに思った。

そして、そんなことを思った心は自ら、漠然とした恐怖を少しずつ和らげていった。


やはり捨てなくてよかった。

あの日のボクを、そしてばあちゃんを、思い出すことができた。

でも、このセミナーって、どこかの会場に人を集めて、戦争の映画とか見て、体験者が体験談を語る。

そんな内容なんだろうか。

それなら別に、あえて行こうとは思わない。

ばあちゃんの話で、十分、戦争を体験した気分になっていたからだ。

それに、正直、戦争というものに興味はない。

未来へ向かって進んでいる時に、なぜ、あんな過去の暗い出来事を知る必要があるんだ。

そんなふうに思っていたからだ。

あと、こういった時に語られるであろう、生きていることの大切さ。

そんなこと言われても、あまりピンとこない。

生きていることの大切さなんてことは、死が見えてきた時に、はじめて考えればいいことだと思っている。

元気に生きているうちから、生と死について考えるなんて、そんなつまらないことはする気もない。

やっぱり捨てちゃえ、と思ったが、やはりそれを掴んだ手を握ろうとは思わなかった。

また封筒に戻して、棚の上に置いておいた。


夕食を済ませた頃、同じ寮に住む友達が遊びに来た。

彼はミュージシャンを目指していて、音楽系の学校に行きたがっていた。

だが、公務員である親が反対しているのだという。

成績もトップクラスの彼に親も期待しているらしく、将来は国政に携わる仕事をして欲しい、と言っているようだ。

まあ確かに、社会の授業の時、担任でもある先生が、日本の将来について話し合え、などと漠然としたテーマでボクらにディベートをさせたことがあったのだが、そのとき彼は、政治はこうあるべき、とか、日本の舵取り役はどうあるべき、とか語っていた。

だが、それは単にディベート好きであって、決して政治好きではないことは、友人であるボクがよく知っている。

その時に言ったことだって、深夜にたまたま見た討論番組で、ある政治評論家が言っていたことのウケウリだ。

それに、夜な夜なボクとつるんで寮から抜け出して、コンビニに行ったり、マックへ行ったり。

決して真面目とはいえない性格だ。

当然、そのことを彼の親は知らないのだろうけど。

政治家になって、この国を変えるのが夢だった、と言っているらしい彼の親。

自分の夢を、成績優秀な彼に託しているのだろう。

「自分の夢を押し付けてるだけだって、絶対」

「まあ、子供の為を思って言ってる、っていうことでもあるんだろうけどね。頭良くて、政治に興味があるんなら、じゃあ、将来は政治家でしょう。みたいな」

「オレ別に、政治に興味なんかないし」

「でも、興味がある、って思われてるじゃん、ユウトって。だからあの先生、進路指導のときに、親にあのこと言っちゃったんでしょ？　日本の将来を語ったこと」

「そう。言わなくてもいいことを。でもさ、本当に子供の為を思ってるんだったら、好きなことをやらせてあげるのが一番いいんじゃん？」

「でも、ミュージシャンっていっても、売れればいいんだけどね。じゃないと、苦労するのは目に見えてるし。そのことを心配してるんじゃなくて？」

「そんなことまで考えてないって、アイツは。職場で顔が立つ、ってだけだよ。」

「確かに、人生って自分の為にあるんであって、別に親の為にあるワケじゃないからね。」

「だろ？」

もともと穏健派で、過激なトークを嫌う自分。

会話が進んでいくにつれ、徐々にヒートアップして、言葉も乱暴になりはじめたユウト。

そんな彼を落ち着かせるべく、ユウト自作の歌をリクエストした。

エレキギターにのせて、バラード調の歌。

やっぱり政治家になるより、ミュージシャンになったほうがいい人生送れると思うよ、絶対。

来週の日曜日、市民ホールの一室を借りて行う小さなライブに、親も呼んでみたら？

ということになった。

納得してくれるよ。

だって、メチャメチャいい歌だから。

感情論に走ったら、伝わるものも、伝わらなくなる。

そんな歌詞だった。

分かってんじゃん、ちゃんと。


今日は真面目に、消灯時間前に別れる。

彼の帰り際、そうだ、と思い出して、手紙のことを聞いてみる。

この寮の全室に配っていったのかもしれない。

「ドアポストに入ってた手紙、読んだ？」

「えっ、なにそれ」

毎日、しっかりとポストの中を確認する人だ。

ポストを開けずに放ったらかしにするような性格の持ち主ではない。ということは、ユウトのところには、あの手紙は届けられていない、ということだ。

「茶色い封筒、入ってなかった？」

「なかったよ、そんなの」

あの無表情な封筒が、ボクの後ろのほうで再び、変な存在感を放ちはじめた。

ボクは思わず固まってしまった。

「どうした？　何だか、いつものタクらしくないけど」

「あ、いや、何でもないよ」

そう言って、作り笑いでごまかした。

「変なやつ。っていうか、何が書いてあったの？　その手紙」

「戦争体験セミナー、っていえばいいのかな？　そんな内容」

真面目に言うボクに、彼は笑う。

「体験セミナーって。で、行くの？　それ」

「いや、もちろん行かないけどさ。なんか、気になっちゃって。過去のトラウマが、顔を出した。みたいな」

そんなことで真剣に悩んでいた、なんて思われると、何だか格好悪い。

だからボクは、作り笑いを交えて、その言葉を返した。

「そんなにヤバイことが、書いてあったわけ？　」

少しばかり、笑い顔を真顔に近づけて聞いてくる。

「ヤバイ、っていうか、内容は普通なんだけどね。でも、差出人の名前が書かれてないんだよね」

「書き忘れた、ってことじゃなくて？　」

ボクもユウトも、もう、ほぼ真顔になっていた。

「封筒にも書かれてないし、もちろん手紙にも書かれてなかった」

だからって、深刻そうな顔をしても、相手が困るだけだ。真顔にはなっても、深刻な顔にはならないように努めた。

「で、どんな内容だったの？　それ」

手紙の内容を、要約して話す。

「まあまあ、普通の内容だよね。確かに、戦争体験セミナーだ」

「でしょ？　で、トラウマってのが、オレ、子供の頃に、ばあちゃんから戦争話聞いたんだけど、すんごくリアルでさ。焼かれた街に、多くの死体があった、っていう話だったんだけど。子供心にそんな話聞いたら、ね」

子供の頃のボクが、少しばかり怖がりだったことを、前にユウトに話したことがある。

多分、この手の話を聞いたところで、大体の子供は、形の見えない恐怖を感じたとか、漠然とした恐怖を感じたとか、そこまで大袈裟なことにはならないだろう。

きっと、そういうことを分かったうえで、そして、ボクに気を遣ってくれたのか、

「ああ、そういうこと…。それだったら、恐怖心も湧くよね」

「だよね？　」

一呼吸おいて、ユウトが言う。

「でもさ、別に、そんな悩むことじゃないんじゃないの？」

うすうす気づいていたことを人から言われると、自信をもって納得できるものだ。

ユウトは続ける。

「ただの戦争体験セミナー、でしょ？　興味ないんなら、行かなけりゃそれでいいじゃん」

至極もっともな意見だ。

自分が情けなくなるほど、もっともな意見だ。この言葉で、心の中のモヤモヤしたものが、一瞬で吹き飛んでいったようだ。

「うん、そうだよね。分かってはいたんだけど」

恥ずかしそうに笑いながら言うボクに、すかさず言葉を差し込んでくる。

「怖がりな自分が、出てきちゃった？」

楽しそうに笑いながら言う。二人で笑っていると、あの手紙の存在を忘れることができた。

そのとき、いつもより少し早めに帰ろうとしたユウトの行動を思い出す。

「あ、ごめんね、変な話につき合せちゃって」

「いいよ、いいよ、気にすんなって。明日、バンドのリハーサルがあってさ。じゃあ、ちょっと早いけど、帰るわ」

ドアが閉まると、テレビがついていない部屋の中は、急に静まり返った。

封筒のほうを振り返る。

するとそいつは、相変わらずの表情で、棚の上に載っていた。

…あの手紙は、ボクにだけ届けられたのか…。

そんなことを思った時、変な孤独を感じた。

そして、その言いようのない変な孤独感が、あの漠然としたまま心の中のどこかにあった恐怖を、容易に感じることができるところにまで、引きずり出してしまったようだ。

どうにかして自分を安心させるためには、あの手紙の変な存在感を消すことだ。

どうせただのセミナーなんだから、と自分に言いきかせる。

更に、有り得ない想像を絡めて、あの手紙自体を有名無実なものに仕立てあげようとする。

戦争を見て、聞いて、感じるなんて、タイムスリップでもさせるのか？

そんなこと絶対にない。マンガの世界じゃないんだから。

しかし、自分で全否定することを前提として出したはずのフレーズ、タイムスリップ。

こんな言葉が、余計な不安を招くことになってしまった。

人は不安に襲われている時、その不安を取り除く何かがストッパーになってくれないかぎり、それをどんどんと発展させ、更には、新たな別の不安をも、作り出していってしまうものらしい。

もしタイムスリップなんて話になって、戦争中に連れていかれたりしたら。その戦争中で、何か不測の事態が起こったりしたら。

そうでなくても、それに巻き込まれた多くの人々を、目の前で見ることになってしまったら…。

大袈裟なのは分かってる。

でも、無表情でボクを見つめる謎の封筒、差出人不明の手紙。

そしてそれは、ボクにだけ届けられた。

その事実が目の前に突きつけられているのだ。

なんでボクだけなんだ？　なんでボクだけが、こんな変なことに巻き込まれなきゃいけないんだ？

そんな、今までに経験したことがなかった、先が全く見えない不安。

そんなものまで、とうとう作り出してしまっていた。

しかし、こんな時でも、時間だけは澄まし顔で、そして、強制的に流れていくようだ。
消灯時間になったので、電気を消した。
でも、明かりを消した代わりに、テレビをつけた。
特に見たい番組があるわけではない。
でも今はとにかく、この不安を紛らわせる何かが欲しい。
真っ暗にして、しかも無音にしてしまったら逆効果だ。
だからこういう時は、ニュースでもドラマでもバラエティでも、何でもいい。
とにかく、人の声が欲しい。それが、少しばかりの安心を生むはずだ。
ベッドに入り、少し落ち着いた時に思い出した。
あの手紙を捨てようとしていた、何時間か前の、自分の行動。
…そうだ、あんな手紙、無視していればそれで済むじゃないか。
そうか、そうだよな。
なんでオレは、こんな簡単なことで悩んでいたんだろう。
無視していればいい。
こんな簡単な解決方法を、今更になって気付いた自分に、少し呆れた。
そして、抱えていた不安が吹き飛んだ。

抱えていた重いものを床に置いて、一気に楽になった腕のように、ボクの体自体が、一気に楽になった。

しかし、せっかく楽になったボクの体に、不安はすぐに襲ってきた。

…あの手紙、放っておいていいものなんだろうか。と。

無視して明日行かずにいると、それはそれで後味が悪い。

それで済むような話ではない、と思ったのだ。

謎の手紙を平然と送り付けてくるような連中だ。

危険な思想でも持っているのかも知れぬ。

テレビの中で話しているニュースキャスターの声も虚しく、不安は生まれる。

そして案の定、不安が不安を作り出していく。

…もしかしたら、この手紙の差出人がボクに抱かせようとしていること。

…明日、生きて帰ってこられるのか…。

いや、まさか。

当然そんなことは、心の中で否定する。

しかし、不安で溢れているボクの心。

そんな中での否定に、あまり効果はなかった。

…ってことは本当に、本当に今日が最後なのか？

当たり前とすら感じる必要がないほど、普通に流れていく日々も、この空間も。

そして、その中にいるボク自身も。

そんな。何でこんなことになるんだ？　ボクが何をしたっていうんだ？

自分自身に質問したところで、そして、目に見えない誰かに質問したところで、答えは返ってこなかった。

もう、布団を頭から被って悔しがることでしか、あの手紙への抵抗はできなかった。

二

いつの間にか寝ていたらしい。

不安に襲われ続けた昨日の夜、体の防衛本能でも働いて、眠りに誘ってくれたのだろうか。

だとすればありがたいことではあるが、テレビがつきっぱなしだ。

そして、ドアポストには、隣部屋の人からの手紙が入っていた。

［うるさい］

たった一言の、たった一枚の手紙だが、しっかりと表情があった。

一眠りしたら、不安も少しは落ち着いたようだ。

いつもと同じ朝食をとる。

でも、いつもとは味が違って感じる。

この感覚、部活で現役の時の、試合当日の朝と一緒だ。

不安とかプレッシャーとか、とにかくそういったものが、味覚を変化させてしまうらしい。

まあ、命の危険が迫っている今としては、当時抱えていたものとはまるで異なるのだが。

そんなことを考えたとき、落ち着いていたはずの不安が、不意に顔をみせる。

モグラたたきのモグラのように顔を出したそいつを叩くべく、咄嗟に、ハンマーになりうる考えを探す。

ただのセミナーだと分かれば、不安はなくなる。

とにかく行ってみて、この不安たちとは、とっととおさらばしよう。

集合場所に行って担当者に会ったら、何か理由をつけてそのまま帰ってくればいい。

そうだ、それでいい。

不安に襲われないように、不安に対して隙を見せないように、ハンマーを構え続けた。

時計の針は、八時を少し過ぎたところ。

指定された時間は九時。

駅まではバスで十分ほどの距離だが、少し早めに部屋を出ることにした。

ここに居たって落ち着かない。

いつもとは違う空間に自分自身を置くことだけでも、気晴らしのような効果が得られるかもしれない。そう思ったのだ。

バッグの中に財布だけを入れ、それを背負って部屋を出る。

近くのバス停に立った。

土曜日の朝八時、平日のこの時間であれば、絶え間なく車が行き交っているこの道路も、今は、それがちらほらと目につく程度。

歩道を半分埋め尽くすほどの通学の自転車も見当たらない。

ほどなくして、駅へ向かうバスが来た。

乗り込むと、先客は五人ほど。平日のラッシュとはまるで違う空気だ。

一番後ろの、五人掛けの長椅子に座る。

幾つもある座席をもてあました車内が見渡せた。

いつもとは違う空気に包まれ、何だか心地いい。

街中へ近付くにつれ、窓の外を流れる建物が、高さを増していく。

渋滞に巻き込まれることもなく、体感時間はずっと短く感じる。

心地いい空気に包まれたまま、バスは駅前のターミナルに着いた。

そのターミナルの前に建つ、そこだけ浮いたような古い建物。

これが、この街の駅だ。

だからといって、単にボロいわけじゃない。

屋根から突き出た大きな時計台を持ち、どっしりと地面に座る、昭和初期に造られた大きな駅。

ずっと、この街のシンボルであり続けたこの建物は、戦争だって見てきたのだろう。

そんな駅の南口、指定された場所へ行く。

しかしそこには、それらしい人は誰もいない。

それもそうか、指定された時間まで三十分以上もある。

腰の高さほどの花壇の縁に腰を掛け、駅前の雰囲気を適当に眺めていた。

もてあましてしまった時間を消費する、もっとも手軽な方法だ。

携帯電話というものの存在が、学校という場所に於いてはいかがなものか、と議論されていたこの時代。

学問の妨げになる、と携帯電話の所持反対を貫いていた校長の意見が、こんな時間を生み出すことになった。

でも、こんなゆったりとした時間を過ごすのも、悪くない。

やがて、駅前を行き交う人々が徐々に増えていき、見慣れたこの駅の表情になってきた。

腕時計を見ると、九時まであと数分。

そろそろ、誰か来てもよさそうだけど…。

立ち上がって、コンコースを見てみる。

すると、改札の前に十人ほどの人だかりがあった。

そのうちの一人はスーツ姿の男性で、ファイルに挟んだ書類を見ながら、何か説明をしているようだ。

ツアー会社の人が、参加者に旅行の行程説明をしている。そんな光景だ。

あれか。

南口と指定しておきながら、改札の前に参加者を集めていたその対応に、少し不機嫌になってもいい展開だろうけど、でも、安心した。

やっぱり、ただのセミナーだったんだ。

その集団のところに、歩いていこうとした時だった。

ボクの肩に、後ろから手が乗った。背中に冷たいものが走った。

もちろん、誰かが後ろから肩を叩くことだってあるだろう。

ボクの姿を見かけた友人だったり、道を尋ねようとする人だったり。

でもその時、ボクの中に、いや、目の前に、あの手紙が再び姿を現したのだ。

まるで、自分の姿を忘れさせまいと、自己主張でもするかのように。

少しの間、周囲が無音になった感覚があった。

よく、ドラマや映画である、あのシーンだ。

そして再び、つい先ほどまで聞いていた音が、ボクの耳に入ってくる。

情けないが、後ろの人が何か言葉を発するまで、振り返る勇気はなかった。

後ろの人の言葉を待っていると、女性の声、いや、声やしゃべり方の感じからして、ボクと同じ歳ぐらいの女子高生…。

「あれ？　どこに入れたんだっけ」

その言葉に続いて、ガサガサと音がした。

バッグの中で何かを探しているようだ。

そのどこか庶民的な、というか、今のボクにとって安心して振り返るには十分すぎるほどの言動。

振り返るとそこには、どこにでもいそうな、女子高生ぐらいの女のコがいた。

どこにでもいそうな、なんて表現したら失礼だろうけど、でも正直、こんな表現がいちばん妥当だし、何より、安心を求めるボクにとっては、もっともありがたい表現だったのだ。

「タクさん、ですよね」

振り返る、という行動にさえ躊躇していた自分が、恥ずかしくてたまらなくなるほど、その女のコは普通に話しかけてきた。

でも、このコ、何でオレの名前知ってんだ？　もしかして、このコがあの手紙を送ってきたのか？

「え、ああ、そう、ですけど」

あまりのギャップに少し困惑して、どこかはっきりしない返事をしてしまった。

「ごめんなさい。もっと早く着こうと思ったんですけど、バスが遅れちゃって」

そう言って、ちょこんと頭を下げる。

「あ、いや、ボクもさっき来たばかりだから」

はっきりしない返事をしてしまった自分の、汚名返上とばかりに、努めて冷静に、こういう時の定番の返事を返した。

「そうですか、よかった」

そう言って、そのコは少し笑顔になった。

しかし、腕時計を見るなり、

「あ、でも急がないと」

そう言ってボクの腕を掴み、少し強引に改札のほうへ引っ張る。

その勢いで、足がもつれて転びそうになった。

「あっ、ごめんなさい。ちょっと急いでもらっていいですか？」

そう言いながらも、ボクの腕を引っ張る力はそのまま。

さすがに少しだけイラっとして、腕を振りほどく。

「ちょっと待てよ。あの手紙送ってきたの、おまえだろ？　それでもって、何の説明もしないで強引にどこかへ連れていくって、ありえないだろ、普通」

少し不機嫌そうな顔をして言ってみる。

そいつの雰囲気からして、本当に急いでいる、ということは伝わってくる。

説明は後回しで、ってことも。

…まあ、急いでいるんなら仕方ないけど。

でも、あんな不安を煽るような手紙を送ってきた理由を、とにかく知りたい。

何でボクなのか、ってことも。それだけでも手短かに教えて欲しい。

「ごめんなさい、ワケはあとで話しますから、とりあえず、あの電車に乗ってもらえますか」

そう言うと、発車案内板の下のほう、滝口行きの発車時刻を指さす。

その発車時刻は五分後。

そしてこの滝口行きは、一時間に一本しかない。

まあ、そりゃ急ぐよな。

少しイラっとしていた自分をなだめるように、心の中でそう言った。

改札に向かって、小走りで走りはじめたそいつの少し後ろを、ボクも小走りでついていった。

ただ、滝口という地名を目にしたボクは、なるほどそういうことか、と思った。

終点の滝口駅から、更にバスで十分ほど行ったところに、いのちの塔、というものがある。

戦争で亡くなった人たちのお墓が集まっているところにそれはあって、空に向かって立つ大きな白い塔だ。

慰霊碑のようなものなのだが、平和の象徴である白色を纏って、あの日、空を飛んできた爆撃機に平和を問い続ける。

そんな意味を込めて、地元のお坊さんが建てたものだ。

そこでは毎年終戦記念日に、平和のつどい、が行われている。

そこへ行くのか。

…でも今日って、七月十日だよな。

平和のつどいって今日じゃないはずだけど…。

「切符は二人分買ってありますから」

そう言ってボクに、滝口までの切符を手渡してきた。

改札を抜け、ホームへの階段を駆け上がる。

ホームに着くと、そこには八両編成の電車が停っていた。

そして、その一番前の車両に乗る。

前の二両は終点の滝口まで行くが、後ろの六両は途中の駅で切り離しになる。

車内にはボックスシートが並んでいて、その一角、進行方向に向かった窓側にボクを座らせる。

そいつは、ボクの対角線上の位置、進行方向とは逆向きの通路側に座るのだと思っていた。

しかしその位置には座らず、ボクと向かい合わせになる位置に座った。

向かい合わせか…。

多分、初対面の男女が席を共にする時、二人でまず対角線上に座って、何気ない会話から入り、そこから徐々に打ち解けていき、って流れなんだろう。

いきなり向かい合わせになってしまうと、話しづらいし、もし会話がもたなくなった時に、目のやり場に困ることになる。

しかもこれからの会話は、あの手紙のこと、どうしてボクなのかということ。そして、連れていく方法がかなり強引、それをこいつが謝る。という展開になるだろう。

するとと場合によっては、ボクが少々不機嫌になってしまう可能性もある。

もしそんな重い空気に包まれてしまったら、この向かい合わせの位置では居心地が悪すぎる。

ボクはこんなことを考えていたのだが、向かいの席のそいつは、腰掛けてから口を開かないボクの姿に、ボクがかなり不機嫌になっていると思ったのだろう。

気まずそうにしているのが分かる。

こういう時に、変なプライドみたいなものを発揮してしまうのは、男だからだろうか、それとも、ガキだからだろうか。

強引に引っ張ってこられたことを、何も気にしていないような言い方をしたら、軽い男だと思われないだろうか。

いや、もちろん、行き過ぎたプライドはただの迷惑でしかないが、誰もが持っているであろう範囲でのプライドは、やはり守りたい。

理由も聞かずに、簡単についていくようなヤツじゃない。

何なら、途中で電車を降りる用意だってある。

そんなアピールになるだろうと、しばし不機嫌である自分を演じることにしてみた。

まだまだ、人生経験の少ない若輩者のこんな行動。

これが、大人になりきれない時期に犯してしまった過ちになるなんてことを、まだこの時は分からなかった。


ほどなくして発車チャイムが鳴り、ドアが閉まりはじめる。

しかし、ドアが閉まりきる寸前、わずかとなったその隙間に、突然、手が入ってきた。

ドアが閉まりきるのを阻止するかのように入ってきた手に、再びドアが開く。

すると、いやぁ間にあった、と言いながら、おじいさんが乗ってきた。

そして、続けて三人の年配の人たちが乗ってくる。

そのうちの一人のおばあさんが、ギリギリセーフだったね、と言って笑っている。

ギリギリアウトだろ、あれは。

その老人たちは、ボクから少し離れたところの席に、四人向かい合って座り、すぐに話をはじめた。

でも、その声がとにかく大きい。

すぐ近くに座っているのかと思うほどの、声のボリューム。

もし、こういう行動を注意する人がいたら、恰好の対象となるのだろう。

でも、そういう人もいないみたいだし、だからといって周りを見ても特に、迷惑そうにしている人もいないみたいだし。何やら楽しそうに会話してるけど、その空気を壊しても悪いし。

それに、向かい合わせに座ったまま話そうとしないボクとこいつにとって、場を賑わせてくれている人たちはむしろ、ありがたい存在だし。

だって、無音に襲われずに済むのだから。

頬杖をついて、窓の外を流れていく景色を適当に眺めていた。向かいの席のそいつの表情が気になる。横目でそっと見てみた。

やはり、場の空気をもてあましたように、ボクと同じく、窓の外を適当に眺めていた。

くだらない意地など捨てて、普通に話しかければそれで済む。

こんな簡単なことを、あとになってから、この時のボクに何度言おうと思ったか分からない。

そう、これはプライドというものではない。

ただの、くだらない意地だ。

その、くだらない意地を張り続け、互いに口を開かず、窓の外を適当に眺め続けた。

もう完全に、普通に話しかけることができる雰囲気ではなくなってしまった。

それに、話しかけてもらえる雰囲気でもなくなってしまっていた。

そんな状況に陥ったまま、後ろ六両の終点の駅に着いた。

この駅から先は、ボクの乗っている前二両のみが、ワンマン電車になってローカル線へと入っていく。

この駅で、他の乗客はほとんど降りていった。

ボクが乗っている一番前の車両には、ボクとこいつ、老人四人グループ、他には二人ほどの乗客が乗っているだけとなった。

老人グループの会話も一段落したのか、車内は、駅の近くの木でさえずる鳥の声と、すぐ近くを流れる川の音に満たされていた。

蝉の鳴き声も聞こえるが、なぜか、街中で聞くときのような、やかましさは感じなかった。

こういう自然の音は、心を癒す、という心理的効果を生むのに、やはり十分だ。

まして、街中に近いところで生活しているボクにとって、その効果はより早く現れたようだ。

向かいの席で窓の外を眺めているそいつと、何気ない会話をはじめる、切り出しの一言。

つまり、こんな状況を打破する最良の一言。

いつしか、そんなものを探しはじめていた。

人は、心が癒された状態になると、普段からは想像もつかないほど、前向きになったり、積極的になったりするものなんだろうか。

これだ、という一言を思いつき、口に出そうとする。

その時、向かいの席のそいつも、何かを言おうとしたらしい。

軽く息を吸ったのが分かった。

とその時、思いもよらぬ邪魔が入った。

乗務員の車内アナウンス。

乗客が数えるほどしか居ないために、限られた空間で余計に響くのか。それとも、この乗務員の地声が大きいのか。

もちろん、聞こえやすいアナウンスは親切だ。

この駅から先の乗客は高齢の人が多いだろうから、乗務員も気をつかって、声のボリュームを上げているのかもしれない。

しかし、その声を出すスピーカーが、ボクの真上にあった。

口に出しかけていた一言は、口から出るタイミングを逃してしまった。

そしてまた、会話のきっかけをなくさせるものは増えていく。

子供が十人ほどの人数で、元気いっぱいに乗り込んできたのだ。

車内は一気に賑やかになった。

ドアが閉まり、電車は発車した。

老人グループも会話を再開し、子供たちは携帯ゲーム機で遊びはじめた。

電子機器からはプラスイオンが出る、と聞いたことがある。

だとすると、今この車内は、プラスイオンで満たされているのだろうか。

そんな物質までもが原因かどうかは知らないが、もう、会話のきっかけを作ろうという積極的な気分ではなくなってしまっていた。

なるほど、マイナスイオンに対してのプラスイオンだから、逆の心理的影響を生むのだろう。

でも、こんな状況をうまく収拾できない理由を、プラスイオンや他人の会話のせいにしてしまおうとしている弱い自分にも、何となく気付いていた。

ともあれ、電車は山奥に向かって走っていく。

ボクとそいつの状況に特に変化のないまま、電車は終点に着いた。

そいつに続いて電車を降りる。

山間の終着駅に駅員はおらず、改札台に小さな箱のみが置いてあって、その中へ切符を入れるようになっていた。

正規の区間の切符を買わずに、この駅で降りる人もいるんだろうな、と思いながら切符を箱に入れた。

そいつのあとについて駅を出る。

駅前には、いのちの塔行きの、チョロQみたいな形のバスが停っていた。

これに乗ってくのか。

そう思った時、そいつが立ち止まってこちらを振り返る。

そして、言いにくいけど、思い切って言い出そう、そんな感じで、

「ここから先、少し歩きますけど、ついてきてもらえますか？」

えっ？　歩くの？

「いのちの塔に行くんじゃないの？」

「いえ、ここから少し行ったところまで…」

季節は夏。時間も昼近くになって、太陽が頭の真上からギラギラと照りつけている。

手紙に、持ち物として書いてあった飲み物。

こういうことだったのか。

セミナーに参加する気などなかったから、何も持ってきていない。

バッグの中身は財布のみだ。

駅に自販機があるが、あの手紙を送ってきたこいつの目の前で、堂々とジュースを買うのも…。

でも大体、説明するべきことを、こいつはまだしていない。

だから、そんなこいつにボクがついていかなければいけない理由などない。

「一体どこまで連れてくの？　行き先とか目的とか、ちゃんと教えてくれないと」

不機嫌そうなボクを見て、そいつは頭を下げる。

「勝手なことしてるのは分かってます。謝らなきゃいけないことがあるのも。…でも…ごめんなさい、とにかくついてきてもらえませんか？」

その話の内容が、少し感情の入った喋り方が、余計にそう見せてしまったのかもしれないが、半分泣きそうな顔をして頼み込んでいるように見えた。

謝らなければいけないことがあるのに言い出せなかった、そんなことを後悔しているようにも。
もういいよ、別に。ボクにだって原因はあるんだから。
こんな心の内を、言葉に出そうとしてみる。
でも、なんて言ったらいいんだろう。
こんな時、どう言えば…。
「まあ、いいけど」
ちょっと機嫌を直した、といったふうを演じた。
やっぱり、まだガキだ…。
でも、そんなボクの言葉に少し表情を緩め、
「ありがとうございます」
と言って、ちょこんと頭を下げた。
「あ、ああ。別に、時間はあるからいいけど」
何だか、そいつの対応が、凄く大人に見えた。
ガキっぽい自分に比べると、尚更に。
そいつは、再び歩き出す。ボクもそれに続いた。
まあ、自販機だってこの先にあるだろう。

もし、どうしようもなくなったら、別に普通に買えばいい。気はひけるが。

終点まで一緒だった老人グループはバスに乗り、子供たちは、駅前に広がる古い家並みの中に消えていった。

ボクらは駅前の広場を出ると、その家並みの中心を突っ切っていく道に入る。

その道は、駅前にいたサイズのバスが、二台やっとすれ違うことができるような道。

しかし逞しくも、ずっと先まで続いている。

終わりの見えない道の先は、陽炎でゆらゆらと揺れていた。

歩きはじめて間もなく、そいつはバッグからペットボトルのジュースを取り出し、喉をぬらしていた。

だよな、こんなところを歩いていくんだから、ジュースぐらい持ってこないとな…。

この滝口というところに初めて来たが、この道沿いの家には、かつて店だった名残がある。

以前はそこそこ賑わいのある通りだったのだろう。

そんな、普通の住宅地と化した一帯に、自販機の姿はなかった。

しばらく歩いたところで、そいつがボクのほうを振り向く。

「飲み物、持ってきてないんですか？」

炎天下を歩き続けて、歩く速度がだいぶ落ちてきていたのだろう。

にもかかわらず、一向にジュースを飲まないボクの様子で、気付いたんだと思う。

「いや、あるよ。まだ大丈夫だから」

無いだろ。

汗をダラダラかきながら平然を装ったって、全く説得力がない。

ゆらゆら揺れる道を、先へ先へと歩く。

でも、このゆらゆらしてるのは、陽炎が景色を揺らしているのか、それとも、自分の頭がゆらゆら揺れているのか…。

「あたしのでよかったら、飲みます？」

さすがに心配になったのだろう。もしかしたら、足がふらついていたのかもしれない。

でも、これでやっと、生き延びることができる。って、間接キスか…。

三

カーナビの画面には、一直線に続く道が映し出されている。

その時はまだ、恋愛未経験者だったボク。

そんな、男と女の何気ない行動に、いちいち反応した。

今は、中学生ぐらいから普通につきあっている子達をよく見るが、当時はまだ、今ほど男女交際というのが一般的ではなかったはず。

まあ、ボクがつきあいはじめた年齢が遅かったといえば、それまでかもしれないし、自分の考え方が普通、なんていう考え方があったとすれば、そう見えているだけかもしれない。

でも、十年前と今では、男と女の距離感みたいなものは、だいぶ違うのだろう。

そんなことを、少し噛み砕いて話してみる。

助手席の子は、珍しい話でも聞いたふうに、

「へえ、そんな時代だったんだ」

そう言って、フロントガラス越しに、少し遠くを見た。


「あれ?　昔話のつもりで言ったわけじゃあ、ないんだけどな」

冗談で言ってみる。

「だって、昔の話だもん」

その子は、さらりと答えた。

それもそうだよな。この子からしてみたら、十年前の話なんて、ずいぶんと昔の話だもんな。

だって、この子がまだ一歳の時の話なんだから。

「なんだか、タクさんがオジサンに見えた」

いたずらっ子のような顔をして言う。

「ああ、そうだよ。二十代の後半は、十分にオジサンだよ」

二人で笑う。

何だか、このやりとり、懐かしいな。


あの時の道は特に変わることなく、住宅地に挟まれながら、狭い幅員でずっと先まで伸びている。

道の両脇に沿う側溝は、ところどころ蓋がない箇所がある。前からバスが走ってこないことを祈りつつ、車を走らせた。

五分ほど走ると、T字路に突き当たった。そのT字路を右に曲がる。

「そうそう、このコンビニ。まだあったんだ」

店の周りに広がるのは田んぼ。店の前の道沿いにも、田んぼが広がる。

そんな田舎の道の脇に、突如として現れたようなコンビニ。

場所的に不利なところにあるようだけど、駐車場には車が五、六台停っていて、店内にも十人近くの人が居た。

そういえば、駅近くの住宅地には、店らしきものはなかった。

たぶん、滝口の人たちのスーパーマーケットとしての役割もあるのだろう。

別に普通のコンビニだけど、何だか、寄ってみたくなった。あの時寄ったコンビニに、もう一度。


店内に入ると、なるほど、惣菜の品揃えが充実している。

あの時は気付かなかったけど、やっぱり、滝口のスーパーなんだ。

ボクらは、これから昼食を摂ろうとしていたが、ちょうど良かった。近くに食べ物屋もなさそうだし、コンビニで済ませるとしよう。

「えー、レストランじゃないのー？」

いつもの顔で言う。

「贅沢言うな。安くて美味しいんだからいいんだよ」

「…はい」

二人で顔を見合わせて、ふふふと笑う。

大盛り弁当と、その子の好物のチャーハンが入った弁当を買って、車の中で食べる。

「おいしい？」

「うーん、まあまあだね」

「分かるんだ」

「うん、何となく」

冗談めかして言っているのだと思ったが、その子は真面目な顔をして、そんなことを言っていた。

確かに美味しかったもんな、ハカセのチャーハン。


結局ジュースは、大丈夫だよ、と言って断ってしまった。

後悔しつつもそいつのあとを行き、やがて、やっと一直線の道が終わった。

そして、このT字路から百メートルほど先で、見慣れたマークを掲げたサインポールが、こちらを見て微笑んでいた。

「ちょっと、トイレ行ってくる」

そいつの、ええ、という返事を待たずに、そのコンビニへ小走りで向かった。

走れば走るほど、景色の揺れ方が酷くなるかと思ったが、もうすぐそこに、命の水があると思うと、不思議なほど平気で走ることができた。

コンビニの店内へ入ると、そこはオアシスのようだった。

今までコンビニといったら、当たり前のように近くにある店、だった。

その店がこんなにありがたく感じたのは、本当に初めてだった。

日本全国統一仕様の店内と、いらっしゃいませ、こんにちはー、という句読点を省略した挨拶にも慣れているはず。

なのに、砂漠からオアシスへ足を踏み入れたボクにとって、そこはまさに別世界だった。

とりあえず、ジュース二本。あと、弁当とお茶。それと…おにぎりでいいや。

適当に買って店を出た。

そして、今買ったジュースをがぶ飲みする。

ポカリスエットって、こんなに美味しかったっけ。一気に半分ほど飲んだ。

そしてそれを袋の中へ戻すと、今買った、ということがバレないように、袋をバッグの中にしまう。

小走りで戻ると、そいつは暑い中、顔色一つ変えずに待ってくれていた。

ごめん、待たせちゃった。心の中でそう言った。

T字路近くの小道に入る。

その道は舗装された道ではなく、また、すぐ先で緩いカーブを描いて、田園風景の真ん中へ続いている。

その道を歩いていくと、周囲に点在する林の中から、蝉の鳴く声が聞こえてきた。

街中では騒音としか思っていなかったその声。

でも、こういう場所で聞くと、夏の音として風流にすら聞こえてくる。

待ち焦がれていた夏を楽しむかのように、そして、七日ばかりの短い時間に、自分の存在を刻み込むかのように。


その生命の合唱はどこまでも深く、この風景の中に溶け込んでいた。

そいつ、…いや、そのコのあとを歩いていくと、道は二手に分かれている。

コンビニがあった通りに戻るような角度で伸びている道。

もう一方は、林の中へ続く道。

そのコは林の中へ続く道へと歩いていく。

林の中を少し歩くと、左手から、川の流れる音が聞こえてきた。

そして川へと下りる道を行き、川原へ出た。

街中ではすっかり整備され、親水公園になっている瀬戸川の上流だ。

その川で水遊びをする子供たちの姿が見える。

そして、それを笑顔で見守る母親の姿も。

ずっと変わらなかった、そして、願わくばこれからもずっと変わらない優しい日常が、そこにあった。


カーナビの画面に映し出されているのは、川と小さな道のみ。

車を降り、十年前に歩いた川原に立つ。

そこには何も変わらない、あの時と同じ日常があった。

こぶし大ほどの石が転がる川原を、その子の手を取りながら、あの場所へと向かう。

しばらく歩くと、右側に山の斜面が近づいてくる。

そして、その斜面に生えている小さな草を踏み分けながら、山を登っていく。

斜面を登ってたどり着いた場所には、十年前と同じ光景があった。

少し、安心した。

人目につきにくい場所ではあるが、もしかしたら、子供たちの秘密基地と化しているんじゃないか、それとも、肝試しのメッカと化しているんじゃないか。

そんな少しばかりの心配があった。

でもその心配をよそに、斜面に大きく口を開けた洞穴は、ひっそりとそこに佇んでいた。

この穴の中を知らなかった十年前のボクは、無言で大口を開ける、山の中の洞穴にどれだけ怖がったことか。

懐中電灯を持っていたとしても、決して中に入ろうなどとは思わなかった。


「この中へ。って言っても、はいそうですか、って入れるような場所じゃないですよね」

少し笑って、そのコは続ける。

「大丈夫です、すぐに明るくなりますから」

そう言うとそのコは、穴の中へ入っていく。

暗闇への恐怖心は、様々なものがそれを作り出している。

その全てを怖がっているような顔でもしていたのかもしれない。

いや、穴の前で歩みを止めて固まった時点で、それは十分に、怖い、という意思表示になるのだろう。

でもこんな時、普通の男は、大丈夫ですの一言で安心して、山の中の暗闇に入っていけるものなんだろうか。

そんなことを考えているうち、そのコの姿が、暗闇の中へと消えかかる。

完全に姿が見えなくなってから、暗闇の中を走って追う勇気は、残念ながらあまりない。

完全に消えてしまう前に、そのコのあとに続いた。

そのコの持っている懐中電灯の光の先に映るのは、普通の洞穴。

その丸い光に映し出された、土の壁と土の道以外に広がるのは、ただただ、暗闇だけだ。

しかし、歩いていく先のほうに、白い一点の光が見える。

穴の出口だろうか。

でも、暗闇の中を歩いているが、足元の不安は感じない。

歩いていて伝わってくる足の裏の感覚は、ぼこぼこしたものではない。

綺麗に平らにされているようで、とても歩きやすい。

土を踏み固めて均していった、という感じだ。

そんな穴の中を七、八十メートルほど歩くと、白い光の元へとたどり着いた。

…なんで、こんなところに…。

何かの研究所といった感じで、広さは三十帖あまり。

天井の高さは、ビル2フロア分ぐらいあるだろうか。

でもそこには、この穴のある壁、以外の三面の壁に、大きな磨りガラスをはめた窓があり、光が差し込んでいる。

山を一つ越すほどの距離なんて歩いてないはずだけど…。

非常階段のような金属製の階段で、二メートルほど下りて、研究所へ入った。

そこには誰もいないようだ。

穴のある面の壁、その隅のほうにドアがあり、その中へ案内される。

八帖ほどの部屋があって、そこにもやはり、大きな窓がある。

部屋の中には、ソファとテーブル、まあ、応接セットというのか、一通り揃っている。

「ちょっと、ここで待っててもらえますか？」

そう言ってボクをソファに座らせると、奥にあるドアを開け、その先の部屋へと入っていった。

地中に突如として現れた研究所。

こんな不思議な光景を目にした後に、拍子抜けしてしまうほどの普通の応接室。

でも、そんな応接室にもやはり、大きな窓はあった。

研究所のものと同じく、磨りガラスの窓。

外は見えないが、そこから差し込んでいるのは人工的な明かりではなく、明らかに日光だ。

そんな不思議な窓を開けてみようと、ソファに座ったまま体をねじり、鍵を探す。

でも鍵は見当たらない。

どうやら、はめ殺しの窓のようだ。

そんなことをしていると、ドアの近くで物音がしたため、ずっと普通に座っていた、というふうを演じるために、暇をもてあましたように自分の指を意味もなく触りはじめた。

ドアのところに人影が見えたので、あのコが戻ってきたのかと思ったが、明らかに異なる、細長いシルエット。

奥の部屋から出てきたのは、歳は四十ぐらいの、無精髭を生やしたおじさん。

いや、白衣を着ているから、さしずめ、科学者といったところか。

「いやぁ、遠いところ申し訳ない。何でも、サヤが強引に引っ張ってきてしまったみたいで」

穏やかな顔をしてそう言った。

あのコの親だろうか。

でも、シルエットがむしろ真逆だ。

「まあ、時間も時間だし、何か食べるもの作るから、ちょっと待ってて」

ボクは適当に愛想笑いをしながら、軽く頭を下げた。

そしてその人は再び、奥の部屋へ入っていった。

でもこの応接室、テレビもないし、それ以外に、暇を紛らわせるようなものもない。

それより先ほどの、研究所のような広い部屋が気になる。

ドアのところまで行き、

「あのー、研究所のほう、色々見せてもらっていいですか？」

普通のキッチンといった感じの部屋で、チャーハンを炒める科学者に尋ねる。

「ああ、どうぞ」

にこやかに答えると、中華料理人みたいにフライパンを器用に揺らし、中のチャーハンを躍らせる。

本格的な料理が食べられそうだ、あ、こぼした。

ガスコンロの上に落ちたご飯の固まりを、箸でフライパンに戻し、またジュージュー炒めている。

あのコの姿が見えないが、このキッチンの奥にもまたドアがある。

その部屋にいるのだろうか。

ボクは研究所へ行き、まさに珍しいものを見るような目で、その部屋を見て回る。

でも、研究所というと、パソコンが何台かあって、その周りには何に使うのかよく分からない、大袈裟な機械が並んでいる、そんな光景を想像するのだが、ここは雰囲気的に、学校の理科室に近い。

パソコンは、部屋の隅にある机の上に一台載っているのみで、他は高校生のボクでも名前が分かるものばかりだ。

しばらくすると、科学者の人が、チャーハンを三つのせたおぼんを持って、ドアの奥から出てきた。

そのコも、焼きそばを三つのせたおぼんを持って出てくる。袖の短いTシャツに、ミニスカート。

涼しげな服装に着替えていた。

「待たせちゃったね、それじゃ、さっそく食べようか」

研究所の、ちょうど真ん中あたりにある机の上に一通り並べると、四人掛けのその机の椅子に、科学者の人とそのコが向こうに座り、ボクが手前に座る。

まず焼きそばを食べようと、箸を持った時だ。

「あ、ちょっと待って、これが美味しいんだ」

そう言うと科学者の人は、机の隅のほう、八個ほど並んだボトルのうち、茶色い液体が入ったものを取って、中身をボクの焼きそばに少しかけた。

でも、その並びのうち、他の五個ほどは、口にしたらいけないような色をしている。

ボトルの形もそれらと同じように見えるが…。

そのボトルを見ていると、

「いやいや、別に変な薬じゃない。オイスターソースに、にんにくと唐辛子を混ぜたものだよ」

ボクは特に、料理に詳しいわけではない。

だから、その組み合わせが料理的に合っているかどうか分からないが、

「ハカセが作ったこの特製ソース、とっても美味しいんですよ」

そう言うそのコの言葉で、若者の口にも合うものだと分かった。

よく混ぜて食べてみると、なるほど、とても美味しい。

何かコクがあって、味に深みが出た、そんな感じだ。

チャーハンにも、白く濁った液体を少しかけてくれた。

「それは特製スタミナソースです。これも、結構いけますよ」

そのコの言葉にハカセが続ける。

「にんにくを磨りつぶして、オリーブオイルで和えて、スパイスで味を整えたんだ」

うん、美味しい。

「でも、何度かあったな。実験中に間違って特製ソースかけちゃったから、この香ばしい匂いが、洗っても洗っても、なかなか取れなかったってこと」

「逆パターンもあったんですよね。焼きそばに、実験用の薬かけたこと」

「ああ、そうそう。化学反応起こして、焼きそばがピンク色になったっけ」

この二人、凄く楽しそうだ。

きっと、仲のいい家族なんだろう。

「でも、前にサヤに怒られたんだけどね。食事をするところと実験をするところは、ちゃんと分けてよ。間違って変な薬食べちゃったらどうするの、って。でも、実験道具が近くにあるほうが落ち着くんだ。科学者の性、ってやつなのかな。だから食事も実験も、いつもこのテーブルを使ってる。だから、テレビもほら、あそこに置いてある」

実験道具が並んでいる棚の一角に、大きなテレビが鎮座していた。

「じゃあ、せめてソースと薬はちゃんと分けて、って言ったんですけど、使い勝手を考えると、このほうが絶対いい、って言って聞かないんです。一箇所にまとめたほうが、見た目もさっぱりするとか言って。いや、そういうことじゃないだろ、って」

楽しそうな会話が、食事をよけいに美味しくしてくれた。

食事を終えて一息つくと、

「さて、そろそろ、あれを見てもらうとするか」

そう言って立ち上がり、穴のある面の壁、応接室やキッチンがあったドアと対称位置にあるドアに、科学者の人は向かう。

あんなところにもドアがあったのか。

でも、あれ、って何だろう。

そのコとボクは、科学者の人のあとについていく。

ドアを抜けるとそこには、応接室の造りと同様、奥にまたドアがある部屋。

だがこちらの部屋は、応接室ではなく倉庫のようだが。

その倉庫を抜け、奥の部屋に入ると、そこは窓のない部屋。

蛍光灯の明かりで照らされた部屋で、二十帖ほどの広さだ。

そして、その部屋の中央には、大きな箱が宙吊りになっている。

その大きさはワンボックスカーぐらいで、形も、それを少し無骨にしたような感じだ。

アルミでできているのか、蛍光灯の光を、鈍い光として反射させている。

何なんだろう、これ。

科学者の人とそのコは、何やら話をしている。

ボクは一人で、その大きな箱を眺めていた。

ゆらゆらと小さく緩やかに揺れているその箱。

しかし、その箱の上のほうを見た時、一瞬、自分の目を疑った。

上からぶら下げられているはずなのだが、ワイヤーやロープなど、この箱を宙吊りにさせることができるようなものが、見当たらない。

透明なアクリルの糸か何かでぶら下げられてるのか？　少し視点を変えたりしてみるものの、それらしきものは見えなかった。

大体、そんなアクリルの糸でぶら下げられるようなモノではないだろうけど。

「驚いただろう、これがタイムマシン、ってやつだ」

タイムマシン！？　何を言っているんだろう、この人は。

でもその表情は、決して冗談めかして言っているのではないふうだし、至って冷静に、ボクに真実のみを伝えようとしているふうだった。

「やっぱ、ワケ分かんないですよね、タイムマシンだなんて急に言われても。あたしも最初は信じられなかったですもん、前にハカセが、タイムマシンが出来た！　なんて喜んでる姿を見た時は。勉強のし過ぎで、ついにおかしくなっちゃったのかと思った」

科学者の人の顔を見上げて、いたずらっ子のように笑うそのコの頭を、科学者の人が軽くつつく。

でも、そんな二人の行動が、箱を見上げて言葉を失うボクの心を、いくらか紛らわせてくれた。

「サヤ、じゃあ、頼んだぞ」

そう言って、そのコに優しい笑顔を向ける。

するとそのコは、真顔で軽くうなずく。

科学者の人が部屋を出ていくと、何か決心したような顔をしたあと、

「じゃあ、乗ってください」

と、ボクの顔を見て言った。

箱の裏側に回り込むそのコについていくと、そこには梯子がついていた。

その梯子を、そのコが先に登っていく。

ミニスカート姿で平然と登っていくが、目のやり場に困る。

様々な欲求がある高校生のボクだって、やはり欲望より理性を優先する。

登り方からして慣れているふうであったが、いつもと違う状況、下に同じ歳の男がいる、という現実に気付いたのか、片手でスカートの裾を押さえた。もう遅いよ。

そのコは片手で一段ずつ、ゆっくり登っていった。

そしてそのコが登り終えたのを確認してから、ボクも登っていく。

その箱の天井には、戦車の入り口のようなハッチがあった。

そのハッチの中を覗くと、下に下りていくステップがついている。

そのステップを下りていき、車内、と言えばいいのか、中へ入った。

中も、ワンボックスカーほどの広さがある。

前のほうを見ると、飛行機のコックピットのように、機械やメーターが並んでいる。

そして椅子が二つ。

コックピットの椅子と、その後ろに同じ椅子がもう一つ。

壁には特に何もなく、金属のパネルが何枚か貼ってあるだけのようだ。

これが本当にタイムマシンというのなら、漫画の中の乗り物でしかなかったものに、今、まさに乗っている。

もちろん、安易に信じたわけではない。

もしもこの箱が、床にどかっと置かれていて、それをタイムマシンだと言われたら、あまり信用はできないだろう。

でも、この箱は宙に浮いていた。

有り得ない状態を目の当たりにしたあとで、これはタイムマシンなどではなく、ただの箱、と言い切れる自信は既にない。

どうやら、ハカセという人が言うタイムマシンとやらに、やはり乗っているのだろう。

外の梯子を登る音がして、開いていた天井のハッチから、ハカセが顔を出した。

「どうだい、タイムマシンの乗り心地は」

この箱自体が、ゆらゆら揺れているのだから、その感覚はある。

でも別に、気にするほどのものでもないし、まあこんなものなのかな、と思う。

「まあ、こんな感じなのかな、と」

「ははは、確かにそうだな、乗り比べなんてできないからね」

そう言ったあと、ボクに麦茶の入ったコップを渡してくれた。

「特製スタミナドリンクだ。結構美味しいから、飲んでみて」

麦茶じゃないんだ。

それにしても、何かと特製にこだわる人のようだ。

飲んでみると、栄養ドリンクのような味がする。

でも、やっぱり美味しい。

フルーツ系の味も混ざっているみたいだ。

「美味しいですね、甘みもあって。あと、すごい飲みやすいし」

「そうか、よかった。サヤにも好評なんだ、それ」

「大丈夫ですよ、変な薬入ってないから」

三人で笑う。

そして、

「じゃあ、そろそろ行ってきてもらおうかな」

そう言ってボクからコップを受け取ると、いってらっしゃい、と言って天井のハッチを閉めた。

すると、オートロックになっているのか、すぐに鍵の閉まる音がした。

そして、梯子を下りていく音。

いよいよ、どこかに連れて行かれるのか。

この時ボクは、あの手紙のことをすっかり忘れていた。

なぜなら、それよりもずっとインパクトの強いものが、目の前に次々と現れたからだ。

「後ろの椅子に座ってください」

そう言われて椅子に座る。

結局、本人の意思を聞かないまま、どこかへ連れていってしまうようだが、もうそんなことはどうでもいい。

ボクはこれからどうなってしまうんだろう、そんな心配のほうが先だった。

でもこの椅子、結構座り心地がいい。

まるで社長室の椅子みたいだ。

エアコンも適度にきいているようで快適。

すると、ここまで歩いてきた疲れが出たのか、あまりの快適さも重なって、徐々に強めの眠気が催してきた。

その時、思い出した。あの手紙のこと。

戦争を見て、聞いて、感じる。

本当に、戦争中の日本にタイムスリップするのか——。

四

「着きましたよ」

そのコの声で目が覚めた。

でも、着きました、ってどこにだろう。

外からは何も聞こえてこない。

するとそのコは、こちらを振り返りながら言う。

「手紙に書いてあったこと、それを体験してもらうためにここに来ました。今は戦時中です。でも安心してください、安全は保証します」

本当に、タイムスリップしてそんな時代に来たのか？

このコがそう言っているだけで、外から爆発音が聞こえてくるわけでも、人々の悲鳴が聞こえてくるわけでもない。

やはり、その言葉を簡単に信じることなどできなかった。

しかしボクは、タイムマシンの存在というものを、既に信じてしまっているのだ。

この箱がタイムマシンであるのなら、どの時代へ行けたって不思議ではない。

その時代が戦争中の時代と言うのなら、本当にタイムスリップして戦時中へ来たんだろう。

「でも、もしタクさんが帰りたいと言えば、もとの時代に戻ります」

自分の中で、特に覚悟を決めてきたわけでもないので、別に使命感などというものはない。

でも、考えてみれば、富川駅に行った時点で、あの手紙の内容に賛同したという意思表示になる。

今更になって、そんなことに気付いた。

それに、タイムスリップして戦時中に行くなんて話は聞いていなかったが、そんなことは既に、想像済みだ。安全は保証する、とも言っている。

「まあ、せっかくこの時代まで来たんだし」

いまだ、つまらない意地が邪魔をしているようで、こんな素っ気ない返事をしてしまった。

でも、そんなボクの言葉にそのコは、

「そうですか、よかった」

と言う。

優しい笑顔をしているな。そのコの顔を見て気付いた。

そのコは立ち上がり、横の壁を軽く押した。

すると、壁の一部がロッカーのように開いた。

パネルを貼ってあるだけだと思っていた壁は、実は、そのパネル一枚一枚が、ビルトインの収納だったようだ。

そしてその中には、透明色をしたカッパの上下が二着、入っていた。

その下のほうには、無菌室に入る時に使う、靴をすっぽり覆う袋みたいな履き物が置いてある。

「これ、ちょっと着てもらえますか？」
ボクは立ち上がって、その上下を着た。
頭全体をすっぽり覆うほどのフードも被る。
外は大雨でも降っているのだろうか。
「この鏡、見てください」
そう言って、また別のパネルを押す。
その中には姿見があった。
しかし、その鏡に自分の姿が映らない。
…真正面に立ってるよな。左右に動いてみるが、一向に自分が映らない。
今度は人の姿が映らない鏡か。
いや、そうじゃない。自分が透明人間になってるんだ。
カッパに覆われた腕を、自分の目で見て気付いた。
そこにあるはずの腕が見えず、その向こう側が見えたのだ。
そして、カッパに覆われていない手だけが見えていた。
その下には同じく靴も。
鏡をもう一度よく見ると、確かにそれだけが映っていた。

透明人間。現実では到底ありえないはずのものが、今、現実として目の前にいるのだ。

いまだに、タイムスリップしたとは信じられない気持ちが、少しばかり残っていた自分。

しかし、透明人間になった自分を見て、ついにそれを信じざるを得なくなったようだ。

「カクレウェア、っていうんです、それ」

カクレウェア？　あぁ、カクレ（ることができる）ウェアってことか。

特に捻りを入れず、そのモノの目的を潔く表したネーミングだ。

「じゃあ、これも付けてください」

透明な手袋と、先ほどの、靴をすっぽり覆う履き物を渡され、身につけた。

すると、鏡の中の自分は完全に、透明人間になっていた。

「カクレ手袋と、カクレシューズです」

だよな。むしろ、それ以外の名前が思い当たらない。

そしてそのコも、それらカクレグッズを身につける。

あれ？　そのコの姿がしっかり見える。

不思議そうに見ているボクに言う。

「これを着てる人同士だったら、互いに見えるんです」

そういうことなのか。

驚くべき技術だが、もうそんなことで驚きは感じなくなっていた。

上着を一度脱いで、バッグを背負い、その上からウェアを再び着る。

「じゃあ、行きましょうか」

そのコがステップを登って、ハッチのロックを開け、外に出たのを確認してから、ボクも続く。

外へ出ると、そこは研究所ではなく、洞穴の中のようだ。

でも、十メートルほど先には、白い光と木立が見える。

その光で周辺がうっすらと見えるため、懐中電灯なしでも周囲の状況は分かる。

そのコのあとについていき、穴の外へ出た。

…ここって、研究所の入り口だよな…。

ここで疑問が二つ湧く。あの研究所はどこへいったんだろう。と、ここは本当に、戦時中の日本なのか、ということ。

ただここが、戦時中の日本であると分かれば、研究所の疑問はなくなるが。

斜面を下りて川へ出る。

すると、川では子供たちが遊んでいる。白いハーフパンツのようなものを履いた、坊主頭の子たちだ。

現代の子供と比べると、やはり雰囲気も何となく違う。

本当に、タイムスリップして昔の日本に来たんだ。

その子供たちから少し離れたところを歩いているが、川原の脇の茂みに紛れるように歩くボクを見て、

「気にしなくていいですよ、ほら」

その子供たちに向かって、両腕を広げてみせる。

そうか。まだ、実感が湧かないのだ、透明人間になった自分に。

いま気付いたのだが、このウェア、カッパを着た時のようなゴワゴワ感がない。

夏の快適インナーのように、それを着ている、という感覚が全くないのだ。

それに、見た目は透明なビニールといった感じだったが、ビニールが肌にくっついた時の、ペタペタした感じも全くしない。

まあ、タイムマシンや透明人間になれるウェアを作ってしまうような人なら、着心地ゼロの快適ウェアを作ることもたやすいのかもしれない。

そのコのあとについて、しばらく川原を歩いた後、林の中の道に出る。

その林を抜け、田園地帯の中へ入る。

この辺りの風景も、現代とあまり変わらない。

ただ、遠くに見える民家が茅葺きの家だったり、水路に架かる小さな橋が、コンクリートではなく木の橋だったり。

そんなさり気ないモノたちが、ここが遠い昔の時代であることを主張していた。

逆の道のりを辿って、駅へと向かう。舗装されてはいないものの、駅から続く直線の道も、現代と変わらない。

駅前が近付くにつれ、周囲の建物は、商店へと姿を変えていく。人の数もかなり増えてきた。

確かに、昭和初期の日本、といった光景が広がってはいるが、本当に戦時中なんだろうか。

目に入ってくる光景は、日常そのものだ。商店の店員と立ち話をする人、元気に遊ぶ子供。そんな光景が溢れていた。

だが、すぐに気付いた。

見渡す限り、どこにも、成人男性の姿はなかった。

やっぱり、戦時中なのか。

しかし、主を兵隊に駆り出され、重要な働き手を失った生活でも、普通に日常を過ごしている。

こんな人たちを見て、人というものの強さを感じた。

しばらく歩いて駅に着いた。

駅前の広場にはバスが三台停っていて、人通りも多く、現代のこの駅とは比べるまでもないほどの活気がある。

こんな山間の駅にも、駅前には商店街が広がり、そこに人々の活気ある日常があったのか。

前を歩くそのコが、ボクのほうを振り向いて小声で言う。

「なかなかの人ごみに入りますけど、気を付けてくださいね」

そうだよな、この人たちにはボクの姿が見えないんだよな。

むこうから避けてくれるわけもなく、一直線に、そのコに、ボクに、向かって歩いてくる人たちを避けながら、駅の中へ入る。

時刻表を見ると、次の電車は十分後。

ホームでも二十人ぐらいの人が、電車の到着を待っていた。

駅の窓口で切符を売る駅員は、まだ、あどけなさが残る若い女の人。

その駅員の目の前で改札口を抜け、ホームに入る。

やはり、呼び止められそうな気がする。

透明人間も運賃は払うべきなのか。

するとそのコは、ウェアの後ろの裾に手を入れ、背負っていたバッグの外ポケットから器用に財布を取り出すと、小銭を何枚か、駅舎の窓の縁に置いた。

そうだよな、透明人間だって乗客だ。運賃を払う義務はある。

「前のほうなら、空いてますから」

そう言って、ホームの端のほうへ歩いていくそのコに続いた。

現代では、駅舎はログハウス風のものに建て替えられ、この時代の面影を感じることはない。

ただ駅舎以外の、ホームを含む全ての設備は、現代でも変わることなく、電車と乗客を迎えている。

ほどなくして、茶色い四両編成の電車がホームに入ってきた。この駅は終点なので、乗客の全員が降りていく。

電車の車内へ入ると、何だか懐かしい匂いがした。

ニスの匂いだ。床や壁、椅子の枠、全てが木でできていた。

そのコは座席には座らず、運転室と客室を分ける壁のうしろに立った。車内は空席が多いが…。

「透明人間が座席に座ってると、まずいですから」

ああ、なるほど。ボクらが堂々と座席に座っていると、この先の駅で乗ってくる人たちは、透明人間の存在に気付くはずもなく、ボクらの足の上に座ってくるだろう。

そんなことになったら、その人たちをさぞ驚かせてしまうことになる。

だから一番空いている、駅舎から最も離れた、一両目の一番前の立席。

ここが、透明人間の指定席といったところか。

発車ベルの音が聞こえ、ドアが閉まった。

この電車が向かう先。そこは戦争中の街中。もう、後戻りはできない。

五

子供の頃に感じた、漠然とした恐怖。

そして、あの手紙を見て感じた、いいようのない不安。

姿の見えないそれらが重圧となって、ボクの心に重くのしかかっていたことを思い出す。

だが、この時代で見ること、聞くこと、そして感じることが、姿の見えないそれらを乗り越える、きっかけを作ることになる。そう信じた。

そしてその時、そんな曖昧とした重圧はとりあえず、自分の中で意図的にふっ切った。

変な先入観やわだかまりが、それらきっかけを感じる心に障壁を作ってしまう、そう思ったからだ。

ずっと、心のどこかに抱えていたものから開放された時、それと同時に、他の何かもふっ切っていたようだ。

「街中まで、どれぐらいかかるの？」

「各駅停車ですから、えーと、一時間半ほどです」

透明人間であることをわきまえた、小声の会話。だが、それが答えだった。

つい先ほどまで、不機嫌を演じ続けていた自分がとても滑稽に、そして、とても情けなく思えてならなかった。

やっと見えた糸口を、手で大事につまみ続けながら、絡まってしまった糸をゆっくりと解いていく。

まだまだ時間はたっぷりあるだろう。

焦る必要はない。

電車は、山中の小駅にこまめに停車し続けていく。

この時代の電車には、もちろんエアコンなどついていない。

だから、夏の空気の中を走る電車は、全ての窓を開け放っている。

車内に入ってくる風に、匂いを感じた。

深い緑の匂い、次に、淡い緑の匂い、そして、川の匂い。

こんな小気味よい匂いが続き、やがて、緑や川の匂いのない風になる。

街中へとさしかかった電車の中で、風に匂いがあることに気付いた。

しかし少しして、匂いのないはずだった街の風に、焦げ臭いにおいが混ざりはじめる。

窓の外に広がったのは、全てをもぎ取られ、黒く無残に塗り潰された街だった。

建物が所狭しと並べられ、人々が生活していたであろうこの場所。

すると、この焦げたにおいは、そこにあった全てのものを焼き尽くしたにおいなのだろうか。

家も、人も、本当に全てのものを。漠然としていたものが、目の前に現実となって、姿をみせはじめた。

初めて目にする、そして感じるそれは、恐怖でも不安でもなかった。

ボクが中学に上がる頃、関西で大きな災害があった。

その時にテレビで見たような光景が、目の前に広がる。

分かっていたはずの、十分に予想できていたはずの光景が、実際に目の前に広がった時、ボクはただただ、呆然とするしかなかった。

そんな光景の中を電車は走っていき、やがて、見慣れた建物がレールの先に見えてきた。大きな時計台を持ち、どっしりと地面に座る、あの駅だ。

富川駅に着いた電車を降りる。

いまだ続く焦げ臭いにおいは、少し薄くなってきてはいるが、駅の中にも充満していた。駅自体に被害はないようだが、街全体が、焦げ臭かった。

そのコのあとについていて、改札口へと向かう。

しかしホームを歩いていると、何故だか、昔の日本に来た、という感覚が少し薄れた。何故だろう。そう思って、周りを見回す。

ホームの上屋や、それを支える柱、骨組みを見た時に気付いた。

それらは、現代の富川駅でも、何ら変わることなく、上屋を支え続けている。現代でも見慣れたそれらが、この時代にもあった。そんな事実が、錯覚を生んだのだろう。

そのコに、そのことを言ってみようと思った。

「これ、現代でも、このままだよね？　」

透明人間であることを、すっかり忘れてしまっていたボクは、声のボリュームを絞らずに聞いた。

本来ならば、絶対に必要不可欠なことがあったはず。

しかし、普通の会話をする、ということがまだ十分にできない不安定な心の前では、すっかりその存在を忘れてしまっていたのだ。

「ええ、そうなんです」

そのコは、歩きながらこちらを振り返り、少し声のボリュームを抑えてそう答えると、そのまま言葉を続ける。

「この時代を生きた人たちが、自分たちが確かに生きた証しとして、この駅を残していって欲しい。そう願った声を、この駅の駅長が代々、守ってきたんです」

そして、並行して幾つか並んでいる、ホームの上屋と上屋の間から見える、大きな時計台を見上げて続ける。

「あの時計台もそうです」

ああ、そういうことだったのか。確かにそうでもないと、こんな古い建物、いつまでも残ってないもんな。

そんなことを言ってみようと思った。でも、やめた。

絡まっている糸はまだ、あまり解けていない。すんなりと会話できるほど、その糸を解いてはいなかったのだ。

こんなことを思っているボクに関わらず、そのコは続ける。

「復興のシンボルにしたい。そういう声が多かったんです」

ボクは、そうなんだ、という言葉の代わりに、頷いてみせる。

「この時代だと、高い建物といったら、この時計台ぐらいですからね。この街のどこかからでも見ることができて、空へと真っすぐに伸びるあの時計台に、復興への夢と希望を重ねた。らしいですよ」

そうなんだ、なかなか、いい話だね。と思った。そして、先ほどより少し深めに、ああなるほどね、といったふうに、頷いた。

まだまだ、時間はたっぷりある。焦るな、オレ。

そんなボクに、そのコは続ける。

「できれば、声のボリューム、もう少し抑えてくださいね」

…はい。すっかり忘れてました。透明人間ってこと。

透明人間であることを忘れた透明人間ほど、厄介な存在はいないよね。姿は見えないのに、声だけがする。完全にホラーじゃん。と、心の中で言った。

何だか、とても、もどかしかった。でも、やっと気付いた。成り行きに任せていては、何も進まないということ。

ボクは、積極的にアプローチするタイミングを探し出すことにした。

人通りを避けながら、そのコのあとについていく。

改札を抜け、駅の南口から外へ出た。

現代ではバスターミナルになっている駅前。

広さはそのままに、広大な駅前広場になっていた。

ボンネットのついた小さなバスが、そこかしこに停って、乗客を乗せている。

そして、その先を横切る通りを挟んで、街並みが見える。

そこには、古い木造の商店や家が、所狭しと並んでいた。

しかし、線路を境にして、その北側と南側では、目に入ってくる光景が全く異なっていた。

一面の焼け野原と化した北側。

焦げ臭いにおいも漂い、戦争中である、ということが嫌でも実感できる光景が広がっていた。

しかし、この南側の街にそんな光景はない。

広がっているのは、人々の生活感が溢れる、普通の街並みだ。

どうやら、線路の高架下の骨組みをそのまま利用した、コンクリート造りの店や家の並びが、北側からの延焼を阻んでくれたようだ。

この駅が、古くから高架になっていたことが、この街にとっては、幸いだったみたいだ。

それに、わずかに感じる南風が、焦げ臭いにおいを北へと運んでくれている。

その南風のおかげもあって、この街に、戦争中だという雰囲気は全く感じない。

あと、見渡す限りに目に入ってくる、街の区割りや、道路の位置にも、見覚えがある。

並んでいる建物の高さや、木造か鉄筋かの違いはあれども、それを現代の街並みと重ねると、これが同じ街の昔の姿だということが、容易に理解できた。

そこに感じる街の活気も、現代と変わらない。

思っていることを伝えるための、言葉の用意はある。それを口に出すタイミングを探る。

でも…。

そのコは、ボクの少し前で、道の先に向かって歩いている。透明人間は、普通の声のボリュームで話してはいけない。

だから、声が進んでいく方向と同じ方向に歩いている人に対して、小声での話しかけは、果たして届くのだろうか。

つまらないことを考えていると、そして、話しかけるタイミングを図ろう、などと考えていると、余計に、話しかけづらくなってくる。

とりあえず、肩の力を抜いた。

通りを渡って、街並みの中を歩いていく。歩いてくる人たちを避けながら、そのコのあとに続く。

街は全くの日常。店も普通に営業し、人々の話し声や笑い声も聞こえる。

戦争中などという、非日常の極みのような状況の中でも、人々はいつもと変わらぬ日常を営んでいる。

どんな状況だろうと、強く、この時代を生きている。

でも、もしかしたら、強く生きていこうなんて思っていないのかもしれない。

人の中にはもともと、強く生きることができる素質のようなもの、そんなものが備わっているんじゃないか。

そんなふうに思った。

この時代に生きる人たちの生活を見ていて、しばし、タイミング探しを忘れる。

そんな光景の中を二十分ほど歩いただろうか、街並みの密度は少しずつ低くなっていき、歩いている道も幅員が詰められてきた。

歩いている人も殆どおらず、やっと透明人間が安心して歩くことができるようになってきた。

更に歩いていくと、道はいよいよ農道へと姿を変え、周囲には田んぼが広がった。

腕時計を見ると、時刻は五時少し前。

夏の高い太陽も高度を落とし、色のついた光を放ちはじめていた。

両脇の山並みからは、ヒグラシの声も聞こえてくる。、
こんな風景の中で、ヒグラシの鳴き声を聞いたのは、何年ぶりだろう。確か、林間学校の時以来だ。

少しして、右手にある山が近づいてきた。

その小高い山の上には大学があり、そこへと登る道が見えてくる。

するとそのコは、その登り道へと進路を変える。

大学に用事でもあるのだろうか。

道を登りはじめたそのコに尋ねようとする。タイミングもいい感じだ。

でも、ちょうどその時、そのコから声を掛けてきた。

「ここ、登りますけど、いけます？」

左手にある石垣を指さしながら、聞いてきた。

…。まあ、高さは二メートルと少し。

手足を引っ掛ける凸凹もあるし…。

「ああ、全然、大丈夫だよ」

…だと思う。

そういえば子供の頃、林間学校でこんなところ登ったよな。

まあ、体重が軽かったその時と比べたって、勝手は一緒だ。

大丈夫、いける。

石垣を登りはじめたそのコは、手慣れた様子で登っていく。

そして、片手でスカートの裾を押さえる。

だから遅いって。

でも、片手と両足だけで、上手に登っていった。

そのコが登り終えたところで、ボクも登りはじめる。

なんだ、どうってことない。部活を引退してから、少しばかり増えた余分な肉。

でもその肉は、少しばかりの量であれば、運動神経には影響しないようだ。

石垣を登りきると、そこには山の斜面を覆う林が広がり、その林の中をけもの道が一本、山の上のほうへ向かって伸びていた。

その道を、そのコのあとについて登っていく。

しばらく行くと、少し開けたところへ出た。

テニスコートぐらいの面積がある広場で、その中央には大きな木が一本、シンボルツリーのように立っている。

そして、その広場の隅に、白いテントが張ってあった。

「さっき電車で通った、駅の北側の街に住んでた人なんですけど、家を焼かれてしまって。それで、ここにテントを張って生活してるんです」

二十代ぐらいの女の人がそこにいた。

木の棒を組み合わせて作った洗濯物干しから、干してあった洗濯物を取り込んでいるところだった。

…あの人、どこかで見たような顔…誰だっけ。気のせいかな。

六

広場を抜けて、再びけもの道に入る。

その道を更に少し登ったところで、再び視界が開けた。

南のほうには、草が伸び放題になってしまった棚田が見える。

耕す人がいなくなってしまったのだろう。

北側は、急な斜面が上へ伸びていて、その上に大学の建物があった。

そのコは、その北側の斜面、草に覆われている一角に、手を伸ばした。

そこで何かを掴んだかと思うと、急に、透明なふろしきのようなものが現れた。

そしてそれをめくると、ただの斜面だったところに、突然、穴が現れた。

防空壕の入り口のような、人一人がやっと通れるぐらいの小さな穴。

カクレウェアのようなもので、この穴の姿を隠していたらしい。

なるほど、このウェア、こういう使い方もできるんだ。

「入り口は、ちょっと狭くて入りにくいんですけど、中は結構広いですよ」

そう言って、穴の中へ入っていったそのコに続く。

ほんとだ、二十帖ほどの広さの素掘りの空間が、地中にあった。

でも、その地中の部屋の天井には、大きめの蛍光ランタンが四個ぶら下げられていて、中は想像以上に明るい。

「荷物と脱いだカクレウェアは、どこかその辺に置いておいてください」

そのコはそう言いながら、地中の部屋の一角を適当に指さした。

そして部屋の入り口へ向かうと、透明なふろしきのようなものを穴の外側へ掛けた。

これで、この穴の存在は、誰にも気付かれないだろう。

でも、ここでしばらく二人きりになるのか…。

いや、何もやましいことを考えているワケではない。絡んだ糸を、解ききっていないのだ。だから、こんな状態のまま、この閉鎖された空間に二人きりで居るのは、互いにかなりきついだろう。

密かに悩んでいたその時、

「あれを掛けておけば、もう誰にも見つかりませんから」

カクレウェアを脱ぎながら、そのコが言った。

よし、このタイミングだ。

ここから、自然な会話をはじめよう。

「これと、同じようなやつなんだよね、あれって」

様子を伺うような口調になってしまっているのが分かる。

電車の中で、すらすらと出てきた言葉は、一体何だったのだろう。多分、自分で自分に与え続けた変なプレッシャーが、こんな口調にさせてしまったんだろう。

「ええ、カクレウェアとは少し違うんですけど、穴を誰かに見つけられないようにするための、専用のシートなんです」

脱いだカクレウェアを持ちながら聞くボクの言葉に、いままでと変わらない口調で答える。

何だか、自分が恥ずかしくなってきた。

つっかえている何かを、意図的にふっ切った。

「ってことは、カクレシート」

電車の中での口調が戻ってきた。

「そうです、やっぱ分かりました？」

「分かるよ、カクレウェア、カクレシューズってきたから、流れ的に」

「ですよねー」

何だか、オレ、情緒不安定になってたよな。

でも、優しい笑顔で笑うそのコを見て思った。

つまらない意地を張って、それをずるずる引きずって。

そんなものが、このコをどんな気持ちにさせていたんだろう。

本当にごめん。


「だいぶ歩いて疲れてるだろうから、一休みしてから夕食にします？」

「そうだね」

バッグからジュースを取り出して、喉をぬらす。

そういえば、この時代に来てから、ジュースを一口も飲んでなかったよな…。

考えてみれば、タイムマシンで着いたあの洞穴から、ここまでの道のりで、暑い、と思ったことはなかった。

確かに、気温が高いことは分かっていたが。

どうやら、現代とは暑さの質が違うようだ。

これも、地球温暖化の影響、ってやつだろうか。

このことを話題にしようと思ったが、やっぱりやめておいた。

急に、地球温暖化の話なんかしはじめて、真面目君キャラって思われるのも嫌だし。

まあ、他の切り出し方もあったんだけど。

「あ、レモン味、出たんですね」

その言葉で、自分が飲んでいるジュースと同じ銘柄のジュースを、そのコも飲んでいたことに気づく。

つまらないことで悩んでいたボクをよそに、そのコは普通に話しかけてくる。

何だか、自分がバカバカしく思えてきた。

「うん、店でたまたま見つけて、あ、新しい、って思って」

「このジュースって、スポーツしてる人専用みたいな感じですけど、部活、何かやってるんですか？」

インターハイに出たわけでもないし、まあ、仲間と真面目に練習してた。

こんなことを話した。

別に特別なことなんてない、面白味のない話だけど。

でもそのコは興味深そうに、そんなボクの話を聞いてくれていた。


しかし、実はこの時、このコは既にボクのことをある程度知っていたんだと思う。

多分、陸上部だった、ってことも。

しかしこの時のボクは、そんなことを知る由もない。

ゆっくり丁寧に、絡まった糸を解いていた。


コンビニで買った弁当を食べる。

でも、家で食べるそれよりも、美味しく感じるのはなぜだろう。

それは多分、この場で感じる空気や雰囲気まで、一緒に口の中へ入れているから、なのかもしれない。

だとすると、口以外にも味を感じるセンサーみたいなものがあるのだろうか。

食事を終えて、話も一段落したところで腕時計を見ると、針は七時に差しかかるところだった。

「もうちょっと、街中を見てみたいんだけど、いいかな」

「いいですよ。じゃあ、あまり遅くならないうちに、いきましょうか」

弁当が入っていた容器を袋の中へ入れる時、そのコがそれを小さく潰しているのを見た。バッグが小さめで、そのままだと、うまく入らないのだろう。

「そのゴミ、オレが持ってくよ」

「いいんですか、ありがとう」

会話というのは、相手へのさり気ない、そして、そうとは思わせない思いやりから成り立っている。

そのことに改めて気付いた。

ウェアを着て穴を出ると、そのコがシートを穴に掛けようとする。

「ちょっと、やらせてもらっていい？」

「あ、これです？」

カクレシートを掴んでいる手を、少し持ち上げるようにして聞いてくる。

「そう、それ」

シートを受け取る。

持った感じ、軽さ、どれをとっても、ただの透明なビニールシートだ。

マジシャンが使う謎の布を、仕掛けがないか丹念に調べる時みたいに、表裏を返しながら見てみる。

「タネも仕掛けもないですよ。」

そう言ってそのコが笑う。

そして、ボクも笑う。

「でも、タイムマシンとか、このカクレシートとか、あのハカセって凄い人なんだね。ていうか、こういうのを作る技術は既にある、ってことなの？」

「ごめんなさい、その辺はハカセに口止めされてて…。でも、あの人と暮らすようになって、まだ一年ぐらいなんですけど、凄い才能と知識を持ってる人みたいですね」

「一年、って、親子じゃなかったの？」

そのコは、少し表情を曇らせて言う。

「実は、あたしの両親は交通事故で…。それで、両親と古くからの友人だったハカセが、あたしと生まれたばかりの弟を、引き取ってくれたんです」

「あぁ、そうだったんだ…。ごめん、何か、変なこと聞いちゃったみたいで…」

「ううん、いいんです。ハカセとの生活も楽しいし」

そう言うと、いままでの表情に戻った。


シートで穴を消し、けもの道を下っていく。

夏の七時、まだ太陽がなんとか、地平線に姿を見せている。

その細い道は、まだ懐中電灯なしでも歩けるほどだ。

そのコはボクの前を行きながら、ハカセとの生活の話をしてくれた。

楽しかった話、ケンカした話、そして、ハカセと二人でやっている、弟の子守りの苦労話。

大変なこともあるけど、でもその中にも、それを超える楽しみがあることを知っている。

このコの心の強さが伝わってきた。

テントの近くを通る。

もちろんその時は無言で。

足音をたてないようにゆっくりと。

更に道を下り、石垣を下りて、街へと続く道へ出た。

空の色は夜の色へと近づき、田園地帯には爽やかな風が通り過ぎる。

人通りもないし、透明人間が堂々と歩けそうだ。

一車線ほどの広さの道を、二人並んで歩く。

そのコは楽しそうに話を続け、ボクもそれを楽しそうに聞いていた。

やがて、建物の密度が高くなっていく。

食事時の住宅地の匂いがした。

ごはんの匂い、この家からは味噌汁の匂い、あの家からは焼き魚の匂い。

食器のカチャカチャという音、人の声。

そこにあるもの全てが、いつもと変わらない日常だ。

戦争中などではない、日常。

この家も、あの家も、日常の音に満たされていた。

歩を進め、駅近くの商店街へ入っていく。

通り沿いの戸は全て閉められているが、その一角、通り沿いの窓から、やわらかい色の光が漏れていた。

この季節、窓は開けられていて、中の様子が見えた。


そこは六畳ほどの和室。

そこで、子供とその母親だろうか、子供が甘えるような素振りで、母親に聞く。

「ねえ、お父ちゃん、いつになったら帰ってくるの？」

「そうねぇ、日本が元気になったら、帰ってくるよ」

やわらかな笑顔で答える。

「いつ？　いつ日本は元気になるの？」

「そのうち」

「そのうち？」

「ええ、もうじき」

「もうじき？」

母親との、言葉のやりとりを楽しんでいるようだった。

気付くとボクは足を止め、そんな光景に見入っていた。

そして、ボクは思った。

日常を作り出すのは、匂いもそう、音もそうだし、他にも色々なものがあるだろう。

その数ある要素、それを優しさが包み込む。

その、優しさに包まれた日常、それを平和というのだろう。と。

この時代で見た光景だからこそ、気付くことができた、平和な日々。

こんな、見逃していたかもしれない日々が、実は溢れていた。

七

線路の南側のこの街も、空襲で大きな被害が出たと聞く。

しかし、それが何月の何日の出来事だったか、あまり覚えていない。

だが、前に図書館で適当に開けた、「この街の百年」という本の中、二ページにわたる大きな写真が、焼け野原と化した街を写していた。

駅の時計台が見える角度からして、この街の惨状を写したものだったのだろう。

その惨状が、頭の中に鮮明に蘇る。

そして、今、この街を見渡す。

こんな平和な街が、一瞬にして、あの焼け野原と化すのか。

ここだけ切り取って、どこか平和な国に移せるものなら、そうしてあげたい。

でもそれは、自己満足に過ぎないのだろう。

そうできるものなら、そうして欲しい、と願う人はこの時代、山ほどいるだろう。

だから、一個人の感情で、ある地域の一部の人たちだけ特別扱い。そんなことは、許されないことなのだろう。

もしかしたら、あのハカセに頼めば、そんなこと簡単にできるのかもしれない。だけど、やったらいけない、言葉ではあまりうまく言い表せないようなタブー。そういったものなんだろうと。

すっかり、もの思いにふけっていたボクは、その親子が電気を消して、どこか別の部屋へ行った時にやっと、立ち尽くしている自分に気付いた。

一呼吸おいてそのコが、

「行きましょうか」

そっと言ってくれた一言で、また歩き出す。

「ごめんね、なんだか、見入っちゃって」

「なんか、ほっとしますよね、ああいうの」

あの光景の余韻に浸り、そして、同じく浸っているかもしれない相手を気遣うように、二人、しばらく何も言わずに並んで歩いた。

駅へと続く通り沿い、所々漏れ出す光と共に、平和な光景があった。

「そろそろ、戻ろうか」

「そうですね」

今来た道を戻りながら、ふと、そのコが言った。

「あたしのとこ、親が商売やってたんですけど、そこそこ忙しい状態だったから、たまにあったああいう時間、何か、とても幸せだったんです。何気ない親子の時間なんだけど、母さんがとっても幸せそうな顔してて、それを見たあたしも幸せそうな顔して。今になって思ったんです。コミュニケーションっていうのは、ただ言葉がそこにあればいいってわけじゃない、って」

過去を懐かしむように、だけど、しっかりと前を見て言った。

「オレにもあったな、ああいうの。そういえば母さんの顔、何だか幸せそうだった。で、オレもやっぱり、母さんと同じような顔してたっけ。言葉だけじゃない、か。そうだよね、それだけじゃ寂しいよね」

ボクはそのコの、そのコはボクの顔を見て、表情を緩ませる。

でも、まだまだ、ぎごちなさがあるような気がした。

まだそこまでの人間関係じゃないのに、そういう関係に既になっている、と装っているような。

話すことを考え、いちいち迷い、タイミングを逃しながら歩いていった。

ボクは、あまり経験したことがなかった。

こういう、男と女、二人だけの時間。

石垣の上のけもの道を登る頃には、もう八時を過ぎ、周りは暗闇に染まっている。

でも、このコが持ってきた懐中電灯で、足元はとても明るい。

「オレが先歩くよ」

そのコから懐中電灯を受け取ると、ボクが前を歩いていく。

テントがある広場の直前で、電灯を消した。

テントの女の人は、もう寝ているようだ。

夜空の明かりに照らされ、うっすらと白いテントが見えたが、明かりが消え、人の動いている気配もしない。

広場に着いて、ふと、空を見上げる。

無数の星が空に散りばめられ、綺麗な輝きを放っていた。

死んだ人は星になる、なんて話を、子供の頃によく聞いた。

だとすれば、この空のどこかで、誰かが誰かを見守っているのだろうか。

「もうちょっと、近くで見てみません？　星」

空のほうを見て歩くボクに、そのコが言う。

「近くで、って？　」

「この上」

シンボルツリーを指さす。

正直、ここでいいよ、いちいち登らなくても、と思った。

でも、木の上で二人で星を眺めるのも、悪くないと思った。

「じゃあ、見てみよっか、近くで」

当然この木は、そんなことを意図して育ったのではないだろうけど、木登りをするのに適した形をしてくれている。

手を伸ばせば届くところに太い枝があり、それに登ればあとは、幹から出ている枝を伝って、数メートル上まで登れそうだ。

「オレから登るよ」

そう言って一本目の枝に登り、そのコが登る手助けをするべく、そのコの手を掴んだ。

そのとき、何となく分かった。

ボクを木登りなんかに誘った理由。

最初の枝に登ればあとは、そのコの身長でも十分に届く範囲に枝が伸びている。

「ありがとう、もう大丈夫だから」

そう言うと、木登りをして遊ぶ男の子のように、女子とは思えない勢いでボクのあとを登ってくる。

「すごいね、女のコなのに」

「あたし、小学校の時まで田舎に住んでたんです。そのとき、男の子に混じって、こんなことばっかやってたから」

「今、なかなかいないよ、男でも木に登れるやつ」

「基本的には、こんなこと言わないし、それに、やらないんですけどね。恥ずかしいし。女子らしくしろよ、みたいな」

でも、ボクには言ってくれた。

そして、ボクの前ではやってくれた。

何だか、心の距離が縮んだ気がした。

「オレは結構好きだけどね、君みたいなタイプ」

…そのコをフォローしようと思って、何気なく言った一言だった。

だけど、言い終わってから気付いた。

核心に触れるようなことを言ってしまった…と。

その時、そのコが少し嬉しそうな顔をしているように見えたのは、やはり気のせいだろうか。

まるで展望台のように視界が開けている部分が、登っていく途中にあった。

その展望台から、二人で空を見上げた。

視界いっぱいに入ってくる星空は、より近く、より大きかった。

「きれいだね」

「うん。すごくきれい」

そのコの横顔を見た。気持ちよさそうに、空を見ている。

そんな表情が、夜なのにはっきりと見えた。

月の明かりって、こんなに明るかったんだ。

「死んだ人は星になる、なんて話、子供の頃によく聞きませんでした？　」

空を見ながら、そのコが言う。

「うん。ばあちゃんが、よく言ってた」

空を見ながら、ボクが返す。

「あたしもそう。おばあちゃんが、よく言ってた」

「じゃあ、一緒だね」

「うん。一緒」

あの何気なく言った一言。

多分それは、自分でもうすうす気付いている、このコへの思いが、素直に口から出てしまった結果だということ。

そんなことに気付いた。

しばらく二人で、空を見ていた。

「そろそろ、帰ろっか」

「うん」


電灯をつけて広場を出て、穴のあった辺りに着いた。

「どの辺だっけ」

電灯の光を、斜面に這わせる。

「そこ。あ、もうちょっと左、そこです、そこ」

周りを照らしてみるが、目印らしいものは見当たらない。

どうやって分かるんだろう。

「踏まないでくださいね、足元」

そのコが指さした先、道の脇に、白い小さな花が二輪、咲いていた。

ああ、これを目印にしてたのか。

そのコが手を伸ばした先を、電灯で照らす。

カクレシートを取って、穴の中に入った。

ウェアを脱いで、ペットボトルのジュースを飲む。

「飲んでみる？　レモン味」

「いいんですか？　」

そのコに手渡す。

「やっぱ、甘ずっぱくておいしい」

「でしょ？　」

なんだか、やわらかな雰囲気に包まれた。

そのとき、通り沿いの家の親子の姿を思い出した。

ここにもやっと、平和が生まれはじめたのだろうか。

「明日、早いですから、そろそろ寝ませんか？　」

時計を見ると、まだ八時半。

「早いって、まだどこか行くの？　」

「教えなーい」

「何だよそれ」

平和が少しずつ、形づくられていくのを感じた。

「布団、出しますね」

そのコが歩いていく先を見ると、ゴザで何かをくるんであるようで、大きなテーブルぐらいの広さのそれが、もこっと膨らんでいる。

この中に布団をしまってあるのか。

「オレも手伝うよ」

そのゴザを敷いて、その上に布団を二つ、適当に並べた。

…もうちょっと離したほうがいいのか？

…もう少しか？

そんな、布団と布団の間隔で悩んでいることがバレないように、足を使って布団の位置を微調整する。

「ちょっと、なに気にしてるんですかー」

平和の数を一つ一つ、増やしていく。

四つあるランタンのうち、近くにある一個以外を消して、布団に入る。

無造作に置いてあるだけのように見えたが、この布団、しっかりと干してあるようだ。

新鮮な空気の匂いがした。

八

本当に親しい者同士の会話ではない場合、とにかく、会話の中に相手の名前を入れないように努めるもの。

だから、少しばかり思い切って、でもさり気なく、サヤ、という言葉を会話の中に入れてみる。

そんなボクの心を見抜いて気遣ってくれたのか、今までどおりの優しい笑顔で応えてくれた。

本当にいろいろなことを話した。

修学旅行の話、部活の話、初恋の話…。

会話の中で、実はサヤは、ボクより歳がひとつ上だということを知った。

年下のボクに敬語を使い続けていたのも、サヤなりの気遣いだったんだろう。

気を遣わせちゃって、ごめん。

ふと、サヤが言いはじめた。

「手紙を送ったのは、どうしても、タクに来てもらいたかったから。あんな手紙を送れば、不思議に思う手紙を送れば、きっと考えることがあって、それが不安を呼んで。その不安をなくすために、きっと来てくれる。そう思ったの…」

そのあとに、ごめんなさい、という言葉が続くのは、なんとなく分かった。

それを言わせる前に、ボクが言う。

「そうだったんだ。じゃあ、まんまと引っ掛かっちゃった」

二人で笑った。

もういいよ、気にしてないから。

会話が一段落したとき、サヤが言った。

「聞いちゃっていい？」

笑っていた余韻を残しつつ、地中の部屋の天井を見ながら、ボクに聞いてくる。

「内容にもよるけど？」

ボクは、ふざけて聞き返す。

「じゃあ、聞いちゃいけないのかな」

「ウソだよ。いいよ、何？」

笑っていた余韻はほとんどなくなり、少し真面目な顔になった。

「人が死ぬ、ってどんなかな？」

「死、死ぬ？　どうしたの？　藪から棒に」

「あ、ごめんね、いきなり変なこと聞いちゃって」

「いや、別にいいんだけどさ。何で？　」

「ううん、この戦時中の時代って、人が死ぬ、っていうのが別に特別じゃない時代なんだよね。もしだよ、もし、明日自分が死ぬってなった時に、人って何を考えればいいのかな、って」

地中の部屋の天井を見ながら、サヤはそんなことを言った。

でも、考えてみれば、そう思うのが普通なのかもしれない。

タイムスリップしてこの時代に来た現代の人、という前提ではあるものの、現時点ではボクらも、戦時中に生きる人。

最悪の場合、死んでしまう、なんて危険性だってあるのだ。

「そうだよね。ごめん、正直オレ、そんなこと考えてなかった。…死か…」

真面目な話になっちゃうけど、という前置きをしようと思ったが、やっぱりやめておいた。

そんな前置きを入れたところで、この会話の中では既に、それは意味を成さないだろう。

それに、むしろ入れたら失礼だろう、と。

もう既に、サヤは真面目に話しているんだから。

「個人的に、思ってることなんだけどね。死ぬ、ってことを考える必要なんてない、って思ってた。だって、意味ないよね、今こうして生きてるんだから。生きることを考えてればいい。夢だったり希望だったりって言うと大袈裟だけど、とにかく、死じゃなくて、生きることを考えていればいい。って」

サヤと同じように、この部屋の天井を見ながら言う。

「あたしも、基本的にはそう。っていうか、そうありたい、かな？」

「ありたい？」

「うん…。あ、さっき、あたしの両親の話、したよね」

「あぁ、交通事故で、って…」

「カーブで、対向車がセンターライン超えてきて…正面衝突だったの。相手はワゴン車で、うちの車は古い軽自動車だったから、押しつぶされて二人とも即死だった。だから、気付いたら死んでた、なんて言ったら変だけど、死ぬってことを考える余裕もないまま、死んだ、ってことなんだよね」

「ああ、そうだったんだ…」

「あ、ごめんね、こんな話しちゃって」

そう言って、少し笑う。

「あ、いいよ…」

「でも、どうなんだろ、そんなふうに死んでく、って」

「うん…やっぱ、家族持ってると余計に、ね」

「でも、死ぬってことが分かってた場合、それはそれで辛いかな、って思うんだけどね」

「うん、それ、何となく分かる。オレ、死の恐怖が迫ってたとしたら、多分、耐えられないもん。未練やらなんやら、もっとやりたいこと、いっぱいあるし。そんなこと思いながら死んでく、って絶対やだな」

「やっぱ、そうだよね」

「もしも、なんだけど、家で寝てる時に、隕石が自分めがけて落ちてきたとするよ。足に当たって、動けない。誰も助けにこない。で、どんどん衰弱してって、もうじき死ぬんだ、と思って死んでくのと、頭に直撃して即死。当然、死ぬ、なんて考えもしないまま死んでく。どっちかを選べ、なんてなったら、オレ、絶対後者だよ」

「あたしもそう。後者」

「そっちの方が、絶対、楽だよね」

少し間が開いたとき、思わず笑い出しそうになってしまった。

鼻から漏れる息づかいが、笑いを途中で止めたことを、サヤに伝えたようだ。するとサヤが笑い出す。

ボクも、それにつられて笑い出す。

「なんていう会話してんだろうね、いきなり。出会って一日目の男と女が、死の話って」

「ほんとだよね、ありえないよね」

二人で笑った。でも、笑い終わると、また少しの間が開いた。

今、自分がいるのは、紛れもなく戦時中だ。

バーチャルの世界なんかじゃない。実際にこの目で見たとおり、間違いなく、戦時中だ。

ここに来る途中、電車の中で思ったことを思い出す。

見ること、聞くこと、感じることで、何かを乗り越えようとしていたんじゃないのか。

それが、ここに来た目的。

まあ正確には、連れてこられて、結果、目的となったこと、なのだが。

でも、それを思い出したとき、もう一度、真面目に考えてみようと思った。

「でもさ、この時代の人たちって、やっぱり死の恐怖、ずっと持ってるのかな」

再び真面目に語りだしたボクに、サヤも続ける。

「確実に死ぬ、ってワケじゃないから、そこまでの恐怖はないと思う」

「そうだよね。見かけた人たちみんな、明日死ぬかも、なんて顔してなかったもんね」

「うん」

「今、こうして生きてるんだから、死ぬことなんて考えなくていい。それでいい」

「うん」

何だか、サヤが自分に言い聞かせるような感じで、頷いているように見えた。

（今、こうして生きてるんだから。タクが言ってくれたとおり、今は、生きてるんだから…）

九

腕時計を見ると、いつの間にか十一時近くになっていた。

「あ、ごめん。明日、早いって言ってたよね」

「あ、ほんとだ、もうこんな時間になってたんだ」

「寝よっか」

「うん」

「おやすみ」

「おやすみ」

少し、いや、かなり重たい話のあとに見た、サヤの優しい顔が、何だか嬉しかった。


穴の外から聞こえる蝉の声で、目が覚めた。

隣にサヤの姿が見えない。

もう、起きているようだ。布団もしっかり畳んである。

時計を見ると、六時半。いつもの時間だ。

床が変わっても普通に寝られる質だが、洞穴の中でも自分は普通に寝ることができる。なんだか、意味のない誇らしさを感じた。

布団を畳んで、ウェアを着て、穴の外へ出た。

サヤは穴の近くにある、素掘りの小さな側溝のところで、液体のハミガキでうがいをしていた。

「起きるの、早いんだね」

努めて爽やかに話しかけようとしたが、気付いたら、意図せずとも、にこやかに声をかけていた。

「あたしも、さっき起きたばっかだよ」

にこやかな表情で返してくれた。

「そうなんだ。あ、それ、借してもらっていい？」

「あ、これ？　うん」

サヤから、液体のハミガキを借りてうがいをした。

昔から不思議なんだけど、女のコって、どうしていい匂いがするんだろう。

いや、変な意味じゃなくて。

思わず、それを聞こうと思ったが、理性がそれを止めてくれた。

その理性のおかげで、変態扱いされずに済んだ。

「サヤも、洞穴の中でも普通に眠れるの？」

「うん。昔から、床が変わっても普通に寝られるから。でも」

「でも？」

「男の人と一緒っていう不安はあったけどね」

いたずらっ子のような顔をして言う。

「何だよ、それじゃまるで、オレが危険なヤツみたいじゃん」

「一般論だって、一般論」

「よーし、だったらほんとに変態になってやる。昨日、タイムマシンに乗り込むとき、パンツ丸見えだったぞ」

「あー、見たんだ、やっぱ変態」

「男は誰でも興味があるんだよ。やっぱパンツは白だね、白。清潔感があっていいよ、うん」

朝から二人で大笑いし、少しばかり残っていた疲れも、きれいさっぱり吹き飛んだ。

口の中と気持ちをキレイにしたら、やはり、顔もキレイに洗いたい。

朝起きた時に感じる、顔の表面がベタついたような、あの感覚。でも見渡す限り、池があるわけでも、川が近くに流れているわけでもない。

「顔、洗いたいんだけど、ムリ、だよね？」

「この山をそっちに下りると、川はあるんだけど…」

そう言って、登ってきたけもの道とは逆の方向、西のほうを指さす。

でも、あまり気乗りしていない様子。

「道が険しい、とか？」

「ううん、そうじゃないけど…あまり登り下りさせちゃうと、疲れるかな、と思って」

否定したあとに少し間をあけて、そうだ、みたいな言い方だったけど、本当はそんな理由じゃなさそうだ。

「別にそんなことないけど、いいよ、一日ぐらい洗わなくたって、全然耐えられるから」

（…どうしよう…）

「あ、ごめん、別に、体力的に自信があれば、別にいいから、じゃあ、行きましょ」

（伝えなきゃいけないけど、でも、こんな時間を少しでも長く、過ごしていたい）

いままでのサヤと比べると、なんだか、落ち着きがないしゃべり方だった。

でも、その落ち着きがない自分を隠そうとしているのが分かる。

だから、あえて気にしないようにして、川へ行くことにした。

ボクは液体ハミガキを持ちながら、

「これ置いてくる時に朝食持ってくるけど、サヤのも持ってこようか？」

と聞く。

「ううん、あたしはいい。ありがとう」

そう言って、また、いつもの表情に戻った。

おにぎりを食べながら、西へと下りる道を行く。

東に伸びるけもの道と、あまり見た目は変わらない。

ただ、傾斜は少しきついだろうか。

前を行くサヤの歩くペースが、いままでと比べると少し早い。

当然、下っている傾斜が少しきつくて、自然と早くなる、というのを差し引いてもだ。

（なるべく、急がなきゃ）

やがて、少し早足になっている自分に気付いたようだ。

「あ、ちょっと早かったよね」

「いや、別にいいよ」

何か急ぐ理由があるんだろうか。

互いに気を遣うような感じで、特に会話もないまましばらく下っていくと、大きな川が見えてきた。

瀬戸川だ。現代では親水公園に姿を変えている川原を、川に向かって歩いていく。

ゆったりとした大きな流れは、現代のそれと比べると、川底がとても綺麗に見渡せる。

ウェアのフードを取って、二人並んで顔を洗う。冷たくて気持ちいい。

「タオル、持ってこればよかったね」

「あたし、持ってきてたんだけど、バッグの中においてきちゃった」

「じゃあ…、自然乾燥」

立ち上がって太陽のほうを向く。

「じゃあ、あたしも」

二人並んで太陽のほうを見る。

眩しくて目を閉じると、まぶたの裏に朝日の色が映る。

片目を開けてちらっと横を見ると、サヤもボクと同じことをしていた。

また目を閉じて、朝日の色を見る。

「ねえ」

「うん？　」

「…ううん、なんでもない」

「なにそれ」

サヤが少し笑う。

この時ボクは何を言おうとしたのか、はっきり覚えていない。

でも、二人が幸せな気持ちになれる何か、だったと思う。

しばらく、そうしていたかった。でも、サヤが急いでいる様子だったことを思い出す。

（…もう、行かなくちゃ…）

「そろそろ―」

言い出すタイミングが一緒だった。目が合う。

「…行こっか、水も乾いたし」

「うん」

ここまで来た道を戻る。

（もう少し、ああしていたかった）

なぜか、少しばかりきついはずの傾斜でも、まったく疲れなかった。

多分、体が疲れを感じることよりも、もっと大きな何かが、心の中を満たしていたからだと思う。

坂を登りきって、穴のところへ帰ってきた。

ちょうど、その時だった。

透き通った朝の空気を、不気味に揺らすような低い音が、街のほうから聞こえてきた。

空襲警報。

「サイレンの音がして、飛行機が何機か飛んできて、爆弾を落としていった」

ばあちゃんから聞いた話を思い出す。

だが、初めて聞く空襲警報に、ボクは何をするわけでもなく、その場に突っ立っていた。

「早く、急いで中に入って」

サヤが、ボクを穴のほうへ引っ張る。

「あ、ああ、ごめん」

穴の中に入って少しすると、飛行機が、何機か飛んでくる音が聞こえはじめる。

そしてその音が、駅の南側あたりまでやってきた時だ。

爆発音が、地響きと共に襲ってきた。

「ドーン、ドーン、って何回も凄い音がして、地面が揺れたんだ。何百人て人たちの悲鳴が聞こえてきた。ものが焼けるにおいも漂ってきた。やがて、人の悲鳴は聞こえなくなって、焦げ臭いにおいだけが、いつまでも漂ってた」

穴の外からかすかに聞こえてくる、何百、いや、何千かもしれない人たちの悲鳴。

爆撃された街の音が、聞こえてきた。

やがて、静かになった。

音を無くしてしまった街が、聞こえてきた。

ばあちゃんの笑顔を奪った光景が、今、広がっているのだろう。

戦争の音というものを聞いた。

そして、戦争というものを感じた。


そこにあったのは、恐怖でもなく、不安でもなく、多くの人が亡くなったかもしれない中で、今、自分はこうして生きている、という事実だけだった。

そしてまた、飛行機の音が聞こえてきた。

さっきの飛行機が飛んでいった方向からだ。

戻ってきたのか？　その音はどんどん近付いてくる。

近付いてくるも何も、ここに向かってきてるじゃないか。

サヤと一緒に、とっさにしゃがんだ。

テントがあった辺りで爆発音がしたかと思うと、連続した爆発音が、飛行機の音のあとを追った。

この地中の部屋も、激しく揺れる。

天井の土が少し、ポロポロ落ちてくる。

その時、隣でじっとしているサヤに気付く。

ボクはサヤの体を覆うように、横から抱いた。


爆発音は通り過ぎていった。

と、サヤが立ち上がろうとしたので、ボクは腕の力を緩めた。

立ち上がったサヤは、少し俯いて、その先の一点を見ながら言う。

「先に、行って」

ボクと目を合わせるのを、意図して避けているようだった。

えっ？　ボクも立ち上がる。

「先に行って、って…」

サヤは、努めて気丈にしているように見えた。

そして、ボクの顔を見る。

「南にある道を下ると、道路に出るから。そしたら左にいって、あとは、ずっと道なりに真っすぐ行って」

間髪いれずに、

「違うよ、そうじゃなくて、なんでおまえをおいてオレが先に逃げなくちゃいけないんだよ」

サヤも間髪いれずに続けた。

「分かってる、勝手なこと言ってるのは。でも…、行かなくちゃいけないところがあるの。だから…だからお願い、先に行って」

サヤのボクを見る目は、表面が少し水っぽく、しかし力強かった。

「…分かったよ、でも、絶対あとから来いよ」

サヤの目をしっかり見て、少し語気を強めて言った。

サヤは表情を緩ませ、小さく頷いた。

水っぽい目から一筋、水が頬を通っていった。

十

ボクはバッグを背負って穴の出口へ向かい、カクレシートに手を掛ける。

一呼吸おいて、サヤのほうを振り返る。

それに気付いたのか、それとも、そうしてくれると信じていたのか、サヤもこちらを見る。

ボクは小さく頷いた。

サヤもそれに答えるように、小さく頷く。

その時、サヤの頬を水がもう一筋、通っていった。


(よかった、こういう人を助けることができて…)


穴の外へ出ると、斜面の上のほうで、木の燃える音がする。

見ると、大学の建物のあったところが、火に包まれていた。

そして、テントがあった辺りも、火に包まれてしまっているようだ。

ただ、そこからこの場所にかけては、少しくすぶってはいるが、あのけもの道もまだ無事だ。

テントの女の人、ちゃんと逃げることができただろうか。

南のほうを見ると、草に覆われかけた棚田の中の道が、山を下っている。

絶対に、戻ってこいよ。穴のほうを見ながら、心の中で言った。

緩い傾斜の道が、くねくね曲がりながら、山の斜面を這っていく。

途中、何度か穴のほうを振り返ろうとした。

でも、絶対に戻ってくる。そう信じて、この道の先だけを見て、下っていった。

あの辺りまで下ると、完全に、穴がある場所は見えなくなるだろう。その時思った。

もう、穴のところにも火が回っているんじゃないか。燃えた木が倒れてきて、穴の入り口を火で塞いでいるんじゃないか。

そんな、最悪の事態ばかりを考えた。

その場所が見えなくなる、一歩手前あたりで立ち止まり、振り返った。

穴の姿はしっかりと見えた。

火に包まれているようなことはなく、しっかりとそこにあった。

サヤが穴を出る時、カクレシートはちゃんと持っていくだろう。

あんなの、この時代に残していってていいはずがない。
穴が見えたということは、既に穴から出て、どこか他の場所に行った、ということだ。
しかし、火の範囲は確実に広がっている。
東の斜面の火も、更に大きくなってきている。
その時だ、東に向かって移動する、人影のようなものが見えた。
サヤなのか？　棚田に伸びる、少し背の高い草に隠されてよく見えない。
でも確かに、何かが東へ向かっていった。
もし、それがサヤだったとしたら…。
あのテントの女の人を助けに行ったのか？
そんな、火の中にわざわざ飛び込んでいくなんてこと…。
あの女の人の顔を、頭の中に描いた時だ。
やっと、思い出した。
あの人、ばあちゃんだ。
ばあちゃんの顔を若くするときっと、あの顔になる。
その時だ、忘れかけていたあの言葉が蘇った。

「わたしゃ、神様に助けられたんだ。火がすぐ近くまで迫ってきて、もうだめだと諦めていた。すると突然、体がすっ飛んで、倒れてくる火のついた大きな木から、逃れることができた」

気付くとボクは、坂を引き返していた。

テントの女の人、いや、ばあちゃんも、そしてサヤも、オレが助ける。

夢中で坂を駆け上がる。

しかしその時、林の中に一つだけ飛び出て見えていた、あの大きなシンボルツリーが、燃えながら倒れていくのが見えた。

大きな音がしたのかもしれない。

しかし、何も聞こえなかった。

必死で坂を駆け上がる、自分の激しい息づかいと、サヤを助けたい一心が、木の燃えさかる音も、周りの木をなぎ倒しながら倒れる、大きな木の音さえも、かき消していた。

坂を登りきろうとした時、東のほうから人が走ってくるのが見えた。

テントの女の人だ。

そしてその人がボクの横を通った時、確信した。

その横顔、確かにばあちゃんの顔だった。

「背中に何かが当たって、体がすっ飛んだ。そのとき聞こえたんだ、絶対に生きて、って。そしてそこに大きな木が倒れてきた時、小さな悲鳴が聞こえた」

——サヤだったのか…ばあちゃんを助けたのは——

「あの時の神様のおかげで、わたしもいるし、たっくんのお母さんもいるし、たっくんもいるんだよ」

小さく頷き、頬をぬらすサヤの顔が浮かぶ。

ボクは呆然と立ち尽くしていた。

すっかり火に包まれてしまった東の斜面を見て、ただただ、呆然と立ち尽くしていた。

しかしその間にも、火はどんどん燃え広がってくる。

上から、東のほうから、少しずつボクに近付いてきている。

——絶対に生きて——

サヤの声が心の中で響いた。

生きる、死ぬ、なんてあまり考えたことがなかった。

でもこの時、生きたい、と思った。

生きなければいけない、と思った。

サヤが救ってくれた自分を。

木の燃える音が、近くまで迫っている。

ボクは急ぎ足で、南へ伸びる道を下った。

この時、なぜか涙は出なかった。

泣きたい、というか、何かを悔しがる気持ちがあったのだが、その前に、今起きていることが、うまく飲み込めなかったのだ。

現代の女のコが戦時中にタイムスリップして、ボクの祖母を救った…。

こんなこと、簡単に理解できるはずがない。

こんな心の内が、ボクを軽い放心状態にさせていたんだと思う。

斜面を下りきると、道路に突き当たる。

東西に伸びる道路、それを東に向かって歩く。

しばらく行くと林があり、その中で北へ向かって大きくカーブする。

大学の入り口前の道路に、つながるのだろうか。

林を抜けてしばらく行くと、やはり、大学への登り坂が左手に見えてきた。

サヤと歩いていったこの道。

サヤの笑顔も、サヤとの時間も、心の中にそっとしまっておきたかった。

だから、山のほうは見ずに、前だけを見て歩いた。

目にする炎が、山だけでなく、ボクの心の中の大事なものまで、燃やしてしまいそうな気がして。

そして、炎に焼かれた事実を見た途端、軽い放心状態という抑涙効果を失ってしまいそうな気がして。


昨日見た街は、写真で見た光景へと変わっていた。

建物の形を留めたものは、どこにもない。

焼け野原と化した街にあったのは、鼻をつく、焦げ臭いにおいだけだった。

この辺りの道の幅は、そこそこ広かったので、瓦礫の山と化した街の中でも、普通に歩けるほどのスペースは残っていた。

通り沿いの家の親子、この辺りだったよな。

全てを焼き尽くした炎は、まだ、小さいものが所々で姿を見せる。

焦げ臭さと、かすかな熱気の中、あの親子の痕跡を探した。

あの部屋にあった、金属製の扇風機、ブリキ製の飛行機のおもちゃ。

ちゃんと、逃げたよな。ちゃんと、安全なところに避難したんだよな。そう信じた。

しかし、目線の先に、それはあった。

黒く焼けたそれは、大きなものが、小さなものを守っていた。

大きなものには、あの親子の母親が着ていた、着物の切れはし。

小さなものには、あの親子の子供が着ていた、服の切れはし。

母親が子供を包み込むように、守っていた。

本当に、全てを焼いてしまった。

人も、人の暮らしも、そして、平和な日々も。


戦争の意味…国益、国の威信…。そして、戦争に勝つ国が強い国。あまりにバカげた考え方が、この国で通用していた。

現代に生きるボクは、明らかに、平和ボケといわれるものなんだろう。

この国で戦争が起きたら、なんて考えたこともないし、平和な国であることが当たり前、いや、当たり前とすら感じることがないほど、それに慣れきっていたのだから。

でも、だったら別に、平和ボケでいいじゃないか。

それが、平和な国だから成り立つ生き方なんだから。

だから、平和ボケはいかん、と声高に叫ぶ人たちの意図が、まったく分からない。

何億もかけて配備する戦闘機やミサイルで、平和を作ることができるのだろうか。

戦争を仕掛けてくるのなら、いつでも受けてたつ。

そんなことを他国にアピールして、その国は平和になるのだろうか。

高校生だったボクは、社会の授業の中では触れることのなかったこんな問題に直面し、感情に任せて考えることしかできなかった。

だけどこれが、戦争を見た現代の高校生が素直に感じたこと。

この人たちも、そしてサヤも、死ぬ必要などない人たちだ。

十一

大学があった山を振り返る。

逆光の中、シルエットで浮かぶ山に、東側斜面に生え揃っていた木の姿はなかった。

でもその時、前を見て、とにかく歩いていこうと思った。

現実を見れば見るほど、前へと進めなくなってしまう気がしたからだ。

道の先にあった、見慣れた時計台が近付いてきた。

しかしそれは煤にまみれ、針の動きも止まっていた。

駅舎の一部が焼け落ちているのも見える。

駅の入り口に近付くと、そこに、見覚えのある細長いシルエットの男性が立っていた。

カクレウェアを着ているのだろう、ぽつぽつと、その傍らを行き来する人は、白衣を着た大きな人に、気付いている様子はない。

ハカセはボクの姿を見つけ、手招きする。

「ケガは、なかったかい？」

「ええ、なんとか」

小声で、そんなやりとりを済ませる。

「私のあとに、ついてきて。現代へ帰ろう」

ハカセはサヤのことを、もう全て分かっているのだろう。

そして、ボクがサヤのことを分かっていることを、知っているのだろう。

そんなボクを気遣ってくれているかのように、そのことには触れず、変な慰めの言葉など掛けず、昨日会った時と同じ表情で話しかけてくる。

ボクも、そんなハカセの優しさに応えるように、昨日ハカセと会っている時と同じ表情で、言葉を返した。

駅の中へと歩きはじめたハカセについていく。

駅の中には人の流れといったものはなく、その中にいる人たちは皆、壁にもたれ掛かって、座り込んでいた。

住む家を突然失って、そして、もしかしたら、それよりももっと大切なものを失って、途方に暮れている様子だった。

そんな傍らを、ハカセについて歩いていく。改札を抜けると、ホームではなく、横のほうへと歩いていった。

長い廊下の先に、古い扉があった。

他にも何個かある扉と比べると、色が褪せ、ホコリがたまり、蜘蛛の巣まで張り付いている。もう長い間、使われていないのだろうか。

ハカセはその古い扉のノブに手をかける。

立て付けが悪くなっているらしく、簡単には開かないようだ。

ノブを持って上下に軽く動かしながら、手前に引く。

ヒンジも固くなっているのか、扉を開けているというより、大きな板を動かしているように見える。

人が通れるほどの隙間をあけ、中に入るハカセに続く。

ホコリを大量に被り、もう使われていないような古い倉庫の中に、それはフワフワ浮いていた。

最初に見た時は、到底信じることなどできなかった。

でも、ボクはこれに乗って、サヤとこの時代に来た。

そしてこの時代で、戦争というものを見て、戦争というものを聞いて、戦争というものを感じた。

この心の中にその記憶を刻み、そして、大切なものをしまった。

でも、その大切なものはまだ、漠然としている。

でもきっと、心が落ち着きを取り戻せば、その漠然としたものは段々と、その形が見えてくるだろう。

そしてそれを一ページ、一ページ、大切に心の中に刻んでいく。そう約束した。

ハカセに続いて、タイムマシンへと乗り込む。

するとハカセは、壁の収納ボックスの一つを開け、そこから、コップに入ったあの特製ドリンクを取り出す。

「疲れただろう、これでも飲んで」

氷を浮かべたドリンク。冷たくて美味しそうだ。

しかしこのドリンクを飲んだら、気付いた頃には現代へ戻っているだろう。

昨日これを飲んだ時、次第に眠くなり、気付くとこの時代に来ていた。睡眠薬でも混ぜてあるのだろうか。

多分、タイムマシンの運転操作とやらを、見せるわけにはいかないのだろう。

ボクは、そんなことには気付いていないフリをして、シートに座り、それを飲み干す。

少ししたら、やはり、強めの眠気が襲ってきた。


—ありがとう、大切にするから—


「着いたよ、起きて」

ハカセの声がする。

目を開けるとそこは、見慣れたタイムマシンの内部。

でも、もうこの外には、現代の平和な日本が広がっているのだろう。

戦時中の、人が死ぬ、なんていうことが当たり前ではない、平和な日本。

ハカセに続いて、タイムマシンを降りる。

でもそこは、研究所の一室ではなく、ただの洞穴の中だった。

タイムマシンから漏れ出る光で、周囲がうっすらと照らされ、そこが土の壁に囲まれた場所であることが分かった。

「明日、時間取れるかな。話があるんだ」

ハカセが言う。

どんな内容の話か、想像はつく。

「…はい」

「じゃあ明日、朝の十時頃、川通り公園に来てくれないか」

寮の近くを流れる川の、堤防道路沿いの小さな公園。

分かりました、と伝えると、

「カクレウェア、脱いでもらっていいかな」

ああ、そうだ。ボクは今、透明人間だったんだ。

「大事な秘密道具だからね」

少し笑顔になってハカセが言う。

ボクも軽く笑顔をつくってハカセを見る。

しかし、ハカセもボクも、多くは語らなかった。

ハカセは白衣のポケットに手を突っ込むと、そこから千円札を取り出した。

無造作に折り曲げたシワだらけのそれを、指で延ばしながらボクに渡してきた。

「これ、交通費。余った分は、好きに使ってくれていいから」

「あ、すいません」

そしてハカセは、向こうが出口だ、と言って、先のほうに見える白い光の点を指さす。

「じゃあ、気を付けて」

にこやかに言うハカセに、ボクは軽く頭を下げ、出口へ向かう。

光の点はすぐに大きくなり、洞穴の外へ出た。

あれ？　昨日入った穴だ。

…研究所は？

穴の周りの雰囲気を見回しても、研究所の入り口に間違いない。

途中で道が二つに分かれていたのか？　いや、ずっと一本道だったはずだ。

…もしかすると、あの研究所自体も、実はタイムマシンの一部だった、ということなのか？

しかし、研究所がなくなっていた事実。この事実を目の前にした時、当然、思った。

ボクは本当に、現代に帰ってくることができたのか…。

ここは本当に、現代の日本なのか…。

昨日、タイムマシンで戦争中の時代に着いて、洞穴から外へ出た時と、全く同じ光景が目の前に広がったのだ。

不安に思うのも、無理はないだろう。

先ずはとにかく、ここが現代であることを確かめる、確固たる証拠を見つけようと思った。

とりあえず、木々の隙間から見える周囲の景色を眺めてみる。

しかし、目に入ってくるのは山と空だけ。

そして、聞こえてくるのは蝉の鳴き声だけ。

斜面を下っていく。川原が見えはじめ、川の流れる音も聞こえてきた。

そして、その川の音に混じって、子供たちのはしゃぐ声が聞こえてきた。

その声がするほうを見てみる。

木々の隙間から見える、元気に遊ぶ子供たちは皆、鮮やかな色の海パン姿だ。

そして、小さな木の枝に掛けてあるタオルには、アニメキャラクターのプリントが見える。

よかった、現代だ。
しかしその時、よかった、と思った自分を、少し後悔した。
わかってる。
ボクが行ったところで、何かができるわけではないことを。
でも、サヤを残して、一人で現代に帰ってきてしまったのだ。
一人で、平和な世界に戻ってきてしまったのだ。
わかってる、
ボクがこれ以上、戦時中にいたって意味がないことぐらい。

その時、サヤの声が心の中で聞こえた。
ばあちゃんを、ボクを、救ってくれた'神様'の声が。
とにかく、生きて帰ってくることができたのだから。
せっかく、生かしてもらった命なのだから。
現代へ帰ってきた証しを目にした時、いよいよ落ち着きを取り戻しはじめた心。
その心が、本来思うべき、感じるべきことも、取り戻しはじめた。

すっかり、山間の小駅と化した駅。

でもそれは紛れもなく、現代だった。

富川行きの電車は三十分後。

駅舎の中のベンチに座り、買ってあったもう一本のジュースを飲む。

戦争中の日本では、ジュースを二口三口飲めば、喉を十分に潤すことができた。

しかし、現代の暑さの中では、それだけではもちろん足りず、半分ほどの量を一気に飲み干した。

電車が来るまで、まだしばらくの時間がある。

ボクは、知らない町をブラブラするのが好きだ。

いつもだったら、使い方に迷う時間があれば、そんなことをして過ごしている。

なにか、特別な発見みたいなものがあるわけではないが、何だか、楽しい。

しかし、この時のボクは、そんなことをする気には、到底なれなかった。

何か、大切なものを無くしてしまったという、そんな虚無感。その心の内にある感覚が、全ての行動に対する積極性を奪っていたのだ。

何をするわけでもなく、何を考えるわけでもなく、流れる時間をボーっと過ごしていた。

駅に到着した電車の音で、流れている時間に気付いた。

ホームに行くと、そこには茶色の電車ではなく、銀色のステンレス電車が停っていた。

ここは戦時中などではなく、現代。

これに乗り込むと、ボクはやっと、日常に戻ることになる…。


進行方向に向かった窓側に座った。

でも、向かいの席にサヤは居ない。当たり前のことが、容赦ない現実となって、目の前に居るだけだった。

窓の外に流れる、現代の風景。街中へとさしかかり、背の高いビルが幾つも、目線の先を通り過ぎていった。

現代に帰ってきた、という現実を見れば見るほど、サヤから離れていってしまう。そんな気がした。

富川駅で、バスに乗り換える。休日の昼下がり、座席を埋めるほどの乗客の中に、溶け込んだ。

…ボクは、戦争中の日本に、行ってきた…

現代に溶け込んだ自分の存在に気付いたとき、ふと、今更のように、そんなことを思った。

棚の上に置いてある封筒には、しっかりと表情があった。

優しくて、あたたかい表情。


時間はお昼を過ぎている。

基本、自炊のボクだが、今は昼食を作る気にはなれない。ハカセから貰った交通費の余りを足して、近くの牛丼屋でお昼を済ませた。

適当にテレビを見て、適当に時間を潰した。

胃が食べ物を要求しだした頃に、再び牛丼屋へ行き、夕食も済ませた。

そして再び、適当にテレビを見て、適当に時間を潰した。

外の景色を映す窓の色が、黒一色に変わった頃、ユウトが来た。

「行ったんだ、富川駅」

「知ってたの？」

「昨日の昼前ぐらいに来たけど、居なかったから。で、どうだった？　誰か居た？」

言おうかどうか、迷った。

サヤと戦争中に行ったこと。

「ああ、やっぱ居たよ。引率の担当者、って言えばいいのかな？」

サヤのことを言うのは、まだ、やめておいた。

人に説明できるほど、自分の中でこの出来事を整理できてはいないし。

第一、タイムスリップした、なんて言えるわけがない。笑われるのがオチだ。

「それで、行ったの？　セミナー」

「うん。一応、ね」

まさか。行くわけないよ。という返事を想像して、ユウトは聞いてきているんだろう。

だから、それとは真逆の返事を返すことが、何だか、とても恥ずかしく思えたのだ。

でも、

「行ったんだ、あんなに不安がってたのに」

決してバカにした笑いなどではなく、自然な笑顔で、普通に答えてくれた。

ユウトは言葉を続ける。

「どんなセミナーだったの？」

そんな彼の言動を見たとき、ユウトにだったら、話せる。そう思った。

「滝口のほうに連れていかれて、」

言葉のおわりに、若干の間が開いた。

今回の出来事を、どうやって伝えれば、分かって貰えるだろうか。

そう考えると、言葉が続かなかった。

タイムスリップして戦争中の時代に行ったコが、ボクのばあちゃんを救ってくれた。

そんなことを、どうやって伝えれば…。

でも、その間を埋めるように、ユウトが言う。

「ああ、いのちの塔に行ったんだ」

「うん。そう」

考える時間が、あまりに短すぎた。

でも…考える時間がどうとか、うまく説明できないからだとか、たぶん、そういうことだけじゃないと思う。

自分だけの大切な思い出にしておきたい、っていうか…まあ、そういったものなんだろうけど。

ただ、どんな理由があるにせよ、会話は続けさせなければいけない。

いきなり黙り込んでしまっても、ユウトが困るだけだ。

大体、言いかけてしまった以上、もう戻れないのだ。

だからもう、作り話をするほかに、方法は思いつかなかった。

「いのちの塔が建ってるところの、お寺、あるじゃない。そこのお堂で、戦争体験者の人が、講演してたよ」

今思うと、そういう話って、お堂を使ってするものなのか？　と、自分でもこんな疑問を抱く。

でもそのときユウトは、そう思ったか思わなかったのか、

「ああ、やっぱ、そんな感じ」

と、やっぱりそうなんだ、といった感じで言葉を返してくれた。

そんなユウトに対してボクは、作り話を続ける。

「で、戦争のドキュメンタリーっていうのかな？　前に、日本史の授業で見たようなやつ」

「ああ、あったね。爆撃された街とか、あと、原爆が投下された瞬間なんてのも、やってたよね」

「そうそう、あれと同じようなやつ」

…ごめん。オレ、ウソばっか言ってる。いつか、本当のこと話すから。

自分でも驚くぐらいに、すらすらと出てくる作り話に、少し自分という人間が怖く思えてきた。

いつか、絶対に話すから。悪いけど、それまで、ごめん。

話せば話すほど、罪悪感が湧いてくる。

だから、あった（ことにした）出来事を、箇条書きのように、事務的に、報告していった。ユウトに決して、興味を持たせないように。

もしも、ユウトが興味を持って、つっこんで聞いてきたら…そう考えたからだ。

ありもしない作り話を、真っ赤な大ウソ話を、延々と、続けてしまうことになる。

これ以上、ユウトにウソはつけない。そう思った。


一通り話を終えると、ボクから聞いた。

「今日は、遅くなっても大丈夫なの？」

もちろん、明日もリハーサルがある、という答えを期待して。

もう、限界だ。友達に大ウソをつくのは。

「あ、そうだ。うん、明日、リハ」

「そうだったんだ。ごめんね、また、付き合わせちゃった」

「いいって、オレから聞いたんだから。じゃあ、今日は帰るよ」

ドアを閉めたときに思い出した。

あれ？　明日、リハーサルはないって、この前言ってたような…。

ユウトが帰ったあとも、適当にテレビを見て、適当に時間を潰した。

そして、適当な時間に電気を消して、ベッドに入った。

布団を被って横になったとき、昨日からの記憶が少しずつ、やがて、鮮明に蘇ってきた。


もっと、サヤと一緒にいたかった。

もっと、色々な話をしたかった。

つまらない意地など張らないで、もっと、サヤの優しい笑顔を見たかった。

今のボクなら、あんなつまらない意地を張らない自信がある。

今のボクなら、サヤとすぐにでも友達になれる自信がある。

なのに…オレ、一体何やってたんだ。

気付くと、目に溢れるものがあった。

十二

目が覚めると、いつもの時間。

朝食を簡単にとり、ボーっとテレビを見ていた。

今日は月曜日だが祝日。学校は休みだ。

やがて、時計の針が九時四十分を指す。

寮を出て、川通り公園へ行くと、さすがに白衣は着ていないが、一目でハカセと分かる男の人がいた。

「ごめんね、せっかくの休みなのに」

「いえ…」

軽く頭を下げる。

ハカセはポケットから缶コーヒーを取り出し、ボクに渡してくれた。

「よかったら飲んで」

「あ、ありがとうございます」

二人で近くのベンチに座った。

ハカセは、手に持っていたもう一つの缶コーヒーのプルタブを開ける。

ボクもプルタブを開け、一口飲む。


ハカセが遠くを見ながら口を開く。

「サヤから、どこまで聞いてる？」

どこまで…。

「いえ、何も…」

「そうか」

遠くを見たまま言う。

近くを通った原付バイクの音が、妙に大きく聞こえた。

「でも、ボクの祖母を助けてくれたことは知ってます」

「サヤから、聞いて？」

「いえ、テントにいた人の顔を見て…」

「最後に伝える、と言っていたが、どうも上手くはいかなかったみたいだな」

最後に…。ボクが、顔を洗いたいなんて言ったばかりに、その伝える時間がなくなってしまったのか。

「すいません、実は…」

そのことを話す。

「ああ、そうだったのか。いや、いいんだよ、まさかあんなことになるなんて、君だって想像できなかっただろう」

「ええ…」

一呼吸おいてハカセが言う。

「二ヶ月ほど前だ。タイムマシンなんてものを作ってはみたものの、はて、こいつをどう使っていこうかと悩んでいた。そんな時、サヤが言ったんだ。色々な時代を見てみたい、って。学校の合間をぬって、過去へ行き、未来へ行き。彼女なりにいろいろ学んでいた。でもある日、一ヶ月後の自分が、戦時中で一人の女の人を助けることを知った。火にのまれるテントを見つけて、助けに行ったんだ。でもそれによって、自分が命を落としてしまうことも知った。もちろん、それを知ったサヤには選択肢があった」

「助けに行かない、っていう…」

「そう、そうすれば、自分は生きることができる。でも」

「自分が生きれば、その人が死ぬ」

「ああ。そして、その人の未来もなくなることになる。サヤはその人の未来を追っていった。そして、そこに君がいることを知った。それで、君のおばあさんを助けることを選んだ。どうしても、君を助けたかったようだ。そして、君に会って伝えたい、と。君を助けるってことだけじゃなくてね。まあ、そこから先は本人も言わなかったから、詳しくは知らないけど」

ただ単に、人を救おうとしたわけじゃなかった。

考えてみれば納得できる。

見ず知らずの人が存在しないことになったとしても、自分自身には関係ない。

でも、ボクを、ボクのばあちゃんを、救ってくれた。

それに、ボクと会うことだけが目的だったら、別に戦時中になんか行く必要はない。

伝えたいことは、他にも沢山あったはず。

死について聞いてきた時も、明日死んでしまうという不安を、とにかく、聞いて貰いたかったのかもしれない。

そんなサヤの思いを考えると、再び、目に溢れ出そうとするものを感じた。

でもハカセにそれを気付かれないように、何とか堪えた。

こんなことがあるなんて。

正直、いまだに信じられない気持ちだってある。

夢でも見てたんだろうか、って。

でも確かに、この目で見たこと。

確かに、この耳で聞いたこと。

そして確かに、この心で、感じたことだった。

一週間ほど経った頃、ユウトに話した。

サヤのこと、タイムスリップしたこと、戦時中に行ってきたこと。そして、サヤに救って貰ったこと。

「なんだ、そんなことがあったんだ」

特に、驚いた様子はない。

それに、まるでボクがウソをついていたことを知っていたかのような…。

ようやく、本当のことを言ってくれて、安心した。そんな言い方をしているふうに聞こえたからだ。

「もしかして、バレてた？　この前の…」

ボクは決して、申し訳なさそうには言わなかった。ユウトを見て、そんな対応はむしろ野暮ったい。そんなふうに思ったのだ。

でも当然、友達に大ウソをついてしまった、という事実は心の中に抱えた状態で。

「タクって、ウソつくとき、モミアゲ触るんだよね」

「えっ、そうなの？」

自分の行動を、モミアゲを触りながら思い出してみる。

この前、ユウトにあの話したとき…。

確かに、触ってた。そうだ、間違いなく触ってた。

「確かにやってた、これ」

モミアゲを触りながら言う。

「でしょ？　」

「でも、ごめん。ほんとに」

「無理ないって、話の内容が内容だから。いきなり、タイムスリップしたとか言われても、困るもん。正直。もしかしたら、ヤバイ、タクおかしくなった。とか思ってたかも知れないよ」

「そうだよね、そう思うよね。でもよかった、ウソって分かってくれてて。それだけでも、安心した」

「気にすんな、気にすんな」

「でもさ、驚かないの？　戦争中に行った、なんて聞いて」

「全然疑ってないって言ったら、ウソになっちゃうけど、でも、信じるよ。タクが言ったことだし」

この言葉が、今でも家族ぐるみの付き合いをしている原点なんだろう。

十三

受験も無事に終わって学生になった時、ボクは、一年近くぶりにハカセに会った。

そのときには既に、郊外のアパートに居を移し、普通の大学教授になっていた。

妙な色をした液体もないし、実験道具のようなものも見当たらない。

もう、あの研究はやめてしまったのだろうか。

タイムマシンや研究所のことを聞いてみた。

だけど、その話題になると、ハカセは少し無口になった。

そして話題を変えてきた。

だから自分も、それ以上は聞かなかった。

でも、そのことを避けるように、近況話のみを話しているうち、何だか、当たり障りのない会話に終始する気配になってしまった。

こんな感じで終わらせてしまったら、なんだかつまらない。

せっかく、ハカセだって時間をとってくれたのに。

もしかしたら、ハカセも同じことを思っていたのかもしれない。

「やっぱり、気になるよね、あのこと」

少し言いづらそうだけど、でも、ハカセは言い出してくれた。

「はい」

ハカセは、一呼吸おいて話しはじめた。

「お祭しのとおり、もう、あの研究はしていない」

手に取った、ブルボンのお菓子の袋を開けるわけでもなく、袋の端っこのギザギザの部分を爪で触りながら、一言一言、言葉を選ぶようにゆっくりと話してくれた。

「前に話したとおり、私が作ったキカイで、サヤは戦争中に行った。そこで見たことが、結果、サヤを死なせることになってしまったんだ」

「…でも、それはあくまでひとつの結果であって、別にハカセが原因ってわけじゃないと思いますよ。…サヤに対しては、少し残酷な言い方かもしれないですけど…」

「ああ、それは分かってる。でも、自分なりの、サヤへのせめてもの罪ほろぼしなんだ」

袋のギザギザの部分に、爪の裏側の白いものが、粉になって付きはじめている。

ハカセも、普段とはかなり違う心境なのだろう。

ボクは、小さいおぼんの上に、適当にのせられたお菓子を一つとり、食べた。

ハカセも真似をするように、ようやく、袋を切って中身を食べた。

「こういうシゴトをしている人、共通の悩みなのかな。自分の作ったモノが、どういう使われ方をして、どう人の生活の役にたって、どう人に喜んでもらえるか。当然、自分が思う理想を望んで、モノを作る。でも、いつも理想どおりに使われるはずなどないだろう。ダイナマイトを発明したノーベル博士だって、まさか戦争で使われて、多くの人を殺す兵器になってしまうなんて、思いもしなかっただろうから」

「でもそれって使う側の人たち、一部の、ですけど。その人たちの問題であって、発明する側に責任はないはずです」

「うん。でも、実際に作って、それを使われて、もしそれが多くの悲劇を生んだとしたら、発明家としては、相当な罪の意識を感じるものなんだよ」

「…」

実際に、それに近いことを経験し、そして悩んでいるであろうハカセのその言葉に、ボクは言葉で返すことができなかった。

「いやいや、別にタク君を論破しようってワケじゃない。確かに、車を発明した人は、毎年、数え切れない人たちを死なせている、なんて話にはならないからね」

言葉に詰まったボクを見て、穏やかな表情で言ってくれた。

安心した。続ける言葉が全く見当たらなかったからだ。

「ええ」

ハカセの気遣いで、やっと言葉が出てきた。

そして、ハカセは、話題を変えた。

「サヤは気の毒だったけれど、でも代わりに、タク君のおばあさんと、タク君を救うことができた」

この言葉にも、ボクは言葉で返すことができなかった。

サヤにとっては、ボクらを救う為に、犠牲になった、ということ。

でも、ボクらにとっては、サヤが犠牲になったからこそ、今ここにいる、ということ。

「当然、感謝して欲しいなんて、そんな押し付けがましいことなど、思っちゃいない。

それこそ、あくまでひとつの結果なんだから」

「…でも、サヤには感謝しなくちゃいけないと思うんです。ボクらを救う為に、犠牲になった、ということですから」

少し俯きぎみに言ったその言葉に、ボクが抱えていることを見抜いたのだろう。

「それは当然、そういう気持ちにもなるだろう。でも、あんまり深刻に考えちゃいけないよ」

「えっ…」

「自分のせいで、他人が死んでしまった。ってなると、誰でも重い責任を感じるだろう。でも、タク君とサヤの関係って、そんな関係じゃないだろう？」

「はい。自分のせいで、じゃなくて、自分を救う為に、です」

「だよね。あれは、サヤが望んでやったことだ。タク君のせいじゃなく、タク君の為に、サヤが望んでやったことだ。その望んでやったことが、たまたま、犠牲になる、ということだった。犠牲になることを望んでいたんじゃない。望んでいたことを叶える為に、結果、犠牲になることを選んだ、ということだ」

「ボクを救うという望みの為に…結果…」

「ああ。だから、タク君が悩むことじゃない。まあ、よくあるセリフかもしれないけど、タク君がそうやって悩むことなんか、サヤは望んでないよね、きっと」

「はい」

「だから、せっかく救ってもらったんだから。それに、絶対に生きて。そう言ったんだよね」

「はい」

何だか、楽になった。

別に、今までずっと悩み続けて、やることにも手がつかない、ってわけではなかった。

でも、心のどこかに、罪悪感じゃないけど、それに近いものが、ずっとあり続けたのだ。

それがやっと、解決できた。

いや、完全に解決ってわけではないかもしれないけど。

でも、抱えていたものは、随分と軽くなった。

「そうですよね。変に悩んでも、何も解決しないですよね」

これ以上深刻そうな顔を続けると、ハカセも困ってしまうだろうし。

先ずは、安心した顔をしてそう言った。


軽くなったものを、無くしてしまっては、もちろんいけないけど、変に重さを感じる必要はない。

重量物などではなく、大切なもの。大切なものに、重量なんてない。心の支えになってくれるものだ。

心の中に抱えていたものが持つ、本当の意味を知った。

重たかった空気もやっと、軽くなった。

そんな空気にハカセも安心したのか、元の表情に戻った。

「全ては、結果として起きたこと。誰にも責任はない」

「そうですよね」

「で、私が研究をやめたこと。これは、私の美学だ。…なんてな」

その一言で、和やかな空気に戻った。

おぼんの上のお菓子が、順調に減りはじめた。

歌番組にチャンネルが合っていたテレビでは、バンドグループが歌っている。

「そういえば、サヤがこの人たちのファンだった。ミスター・チャイルド、だっけ。」

「チルドレンです」

「ああ、そうだ、チルドレン」

正確に名前を知らないバンドグループが歌う歌を、ハカセは懐かしそうに聞いていた。

歌が終わってから、聞いてみた。

「サヤって、何か夢があったんですか？　聞いてなかったんで」

「看護師になりたかったそうだ。両親が亡くなった時、病院の看護師が心の支えになってくれてたみたいで」

「あぁ、そのときの看護師に憧れて」

「優しい人だったらしいよ。いつか自分もああなって、病気やケガだけじゃなくて、心のケアもできる看護師になりたい、って言ってた」

「いい看護師になってたかもしれないですね」

「間違いなく、だと思うよ」

まるで、愛娘の自慢をする、本当の父親のような表情だった。

ハカセのその表情を見ていたら、サヤって、実は幸せな人生を送ってたんじゃないかな、そう思った。

十四

「サヤって、ボクのこと、何か言ってました？」

「ああ、タク君のこと。言ってたよ。…まあ、その、なんだ…タイプだった、って」

嬉しかった。

結局、ボクがサヤにしてあげられたことは、あまりなかったと思う。

だけど、サヤがボクに好意を寄せてくれていたのであれば、最後に一緒にいてあげられたことが、多分だけど、それがサヤにとって幸せなことだったんじゃないか。

そう思ったからだ。

けど、当然、自分勝手な思い込みに過ぎないんじゃないか。

こんな思いはある。

だとすれば、自分の気持ちを治めるために、物事を都合よく考えているだけなんじゃないか、と。

でも、もうサヤの本当の気持ちは、聞くことができない。

だから、サヤの本当の気持ちは、ボクが想像するしかない。

好意を寄せている相手が、幸せである、というのは、それは自分の幸せでもある。そう思うからだ。

ただ、正直に言うのであれば、そうでも思わなければ、残された人が生きていられない。

だから、自分にこう言い聞かせている。

こんな気持ちも、やはりどこかにあるのだろう。


カーナビに表示されるはずもない、あの研究所。

でも、十年経った今でもしっかりと覚えている、サヤと歩いたここまでの道のり。そう、この洞穴。

ここから、あの不思議な旅が、はじまった。

目の前にある、あの十年前の研究所の入り口。

ここにわざわざ来た理由は、自分でもよく分からなかった。

でも、何かを探しにきたことは、確かだ。

あれ以降、時折ハカセと会うようになったボク。

その時、ハカセから聞いた。

この子がまだ赤ちゃんの頃、サヤがしっかりと面倒をみてあげていたようだ。

この子は、一歳にも満たない頃の記憶が、うっすらとあるようで、優しくあやしてもらっているときに見た、サヤの顔を知っているようだ。

でも、そんな頃の記憶なんてないボク。

きっと、覚えているような気になっているだけで、もう少し大きくなってから、他の人に同じようにあやしてもらった記憶と、写真で見たサヤの顔。

そこに、よくあやしてくれていた、という情報が入り、そんな、ありもしない記憶を作り出しているんだろう。そう思っている。

だけど、容易に想像できる。

そんな、優しい女のコの姿が。

でも、こんな話でも、やはり聞いたときは嬉しかった。

サヤの生きた証しを、覚えている人がここにもいた。そう思えたからだ。

だから、この話に関して、ボクは触れない。

作り出された記憶だと、証明されてなど欲しくないからだ。

「大丈夫だよ、懐中電灯もあるから」

「タクさん一人で行ってよ。ぼくここで待ってるから」

「小さい子供をこんなところにおいてく方が、もっと危ないんだから。ほんとに大丈夫だって」

怖がるその子をなだめながら、手をつないで穴の中へ入る。

歩いていく先に、白い光の点はない。

懐中電灯で照らしている、自分たちが歩いている道は、綺麗に均されたものではない。いたるところに凹凸がある、普通の洞穴だ。

それでも、白い光が見える、という期待を頼りに歩いていく。

しかし、その先にそれらしきものが見えることはなく、歩いても歩いても、懐中電灯の光の先には、普通の洞穴の光景が広がるばかりだった。

もう戻ろうよ、とボクの手を入り口側に引っ張り出したその子。

その言葉に促され、もう諦めようと思ったとき、ようやく穴の行き止まりに突き当たった。

やはり研究所はなく、ただの洞穴だ。

今はどこにあるんだろうか、あの研究所。

あの場所に行った時、窓から外が見えていたら、この疑問を解決する何らかのヒントになっていたかもしれない。

でも、不思議な出来事だったからこそ、色褪せずにずっと、心の中に残っていた。

だからこれからもずっと、心のどこかに残り続ける。

それでいい。

いや、それがいい。

穴を出て車に戻った。

そこから二十分ほど走ったところに、瀬戸川の支流の小さな川が流れている。

そしてそのほとりに、小さな墓地がある。

サヤの名前が刻まれたそれは、年期が入ったお墓が多い中、とても綺麗にされている。

十年前にハカセが建てたもので、時折そうじに来ているらしい。

ボクも、ここへ何度か来たことがある。

しかし、花も線香も、持ってきたことがなかった。

いまだ、死んだ人としてあつかうのを、避けたい気持ちがあったのかもしれない。

何年か前に、新たな研究をやりはじめたハカセ。

学会に出るから、今日一日面倒を見て欲しい。

そう頼まれて、この子をいろいろなところに連れていってあげることは、たまにあるが、
ここへ一緒に来たのは今日が初めてだ。

歳の離れたサヤの弟。でもやっぱり、顔もしゃべり方も似ている。

花を供え、線香を立てた。

お墓の前にしゃがんで手を合わせる。

そして、ボクの真似をして小さな手を合わせ、目をつぶる。

そんなこの子を横目で見る。

心の中で、何と言っているのだろう。

この子が大人になるまで、いや、そのずっと先も、平和であってくれるだろうか。

多分その答えは、自分たち自身が、作っていかなければならないのだろう。

そして、守るべきものを、守っていかなくてはいけない。

左手の薬指にはめた、真新しい指輪にも重みを感じた。

しかし、だからといって、急ぐ必要はない。

気張る必要もない。

平和というものは、実は、意外なほど近くに、溢れていたのだ。だから、その身近にあるもの、それを守っていけばいい。

サヤがボクを、わざわざ戦時中に連れていった理由。

それを、今のボクは、正しく理解できているのだろうか。

そして、あれから十年後の今、ボクは、どれだけ大人になったのだろうか。

著者略歴

浜　由路（はま　ゆうじ）

1980年静岡県生まれ。静岡工科専門学校（自動車電子科）卒業。その後、自動車整備士、派遣社員（工場勤務）を経て、現在は、設備管理の仕事に就く。
本作は、作家デビュー第1作目。

君が、伝えようとしたこと

2012年2月23日　発行

著　者　浜　由路　©Yuji Hama
発行人　森　忠順
発行所　株式会社 セルバ出版
〒113-0034
東京都文京区湯島1丁目12番6号 高関ビル5B
☎03（5812）1178　FAX 03（5812）1188
http://www.seluba.co.jp/
発　売　株式会社 創英社／三省堂書店
〒101-0051
東京都千代田区神田神保町1丁目1番地
☎03（3291）2295　FAX 03（3292）7687

印刷・製本　モリモト印刷株式会社

Printed in JAPAN
ISBN978-4-86367-071-6